Dieter Kühn

Ich war Hitlers Schutzengel

Fiktionen

S. Fischer

2. Auflage Februar 2010
© S. Fischer Verlag GmbH, Frankfurt am Main 2010
Satz: pagina GmbH, Tübingen
Druck und Bindung: CPI – Clausen & Bosse, Leck
Printed in Germany
ISBN 978-3-10-041515-8

Inhalt

Elser jagt Hitler in die Luft

GEORG ELSER! Kleinwüchsiger Schwabe mit wildem Haarschopf. Jahrgang 1903. Als Schreiner arbeitete er in verschiedenen Orten und Betrieben: in einer Möbeltischlerei, einer Möbelfabrik, bei einem Hersteller von Türen und Türrahmen, in einem Dornier-Werk, das Propeller aus Holz herstellte; er wechselte über in eine Armaturenfabrik, wurde Prüfer in der Versandabteilung, arbeitete in einer Uhrenfabrik. War zurückhaltend und blieb doch gesellig: in frühen Jahren als Mitglied im Trachtenverein »Oberrheintaler«, danach im Trachtenverein »Alpenrose«; trug zuweilen einen alpinen Hut mit Gamshaarpinsel; erwarb eine Konzertzither und nahm Unterricht; kaufte ein Akkordeon, ließ sich damit auch fotografieren; spielte bei Tanzveranstaltungen den Kontrabass.

Und er war Mitglied, obligatorisch, des Holzarbeiterverbandes; trat formell dem RFB bei, dem Roten Frontkämpferbund, wählte KPD, in der Hoffnung auf Verbesserungen der Lage von Arbeitern. Die Nationalsozialisten hasste er: Verweigerte den Deutschen Gruß, verließ den Raum, sobald eine Hitler-Rede übertragen wurde, wandte sich ab, wenn ein Aufmarsch nahte. »Ich lass mich eher erschießen, als dass ich für die Nazis auch nur einen Schritt mache.« Bei Aufforderungen zur Teilnahme an NS-Veranstaltungen konnte er ruppig werden: »Leck mich doch am Arsch!«

Zweierlei warf er der NS-Führung vor. Zum Ersten: Die Situation der Arbeiter wurde nach der Machtübernahme noch schlechter – Löhne blieben eingefroren auf dem Stand von 1932, der Zeit der Weltwirtschaftskrise, die fiskalischen Abgaben stiegen sukzessive an. Eine anonyme Grußbotschaft des Jahres 1935: »Weihnachten ohne Butter, / Vieh ohne Futter, / Führer ohne Frau, / Metzger ohne Sau, / Das ist Weihnachten im Dritten Reich? Heil Hitler!«

Der zweite Punkt, bald dominierend: Die unübersehbaren, unüberhörbaren Vorbereitungen auf einen neuen Krieg – nur zwanzig Jahre nach der Katastrophe des Ersten Weltkriegs. Elser befasste sich nur wenig mit Politik, las kaum Zeitung, doch er wusste: Hitler will Krieg. Diese Angst teilte er mit anderen. »Im Herbst 1938 wurde nach meinen Feststellungen in der Arbeiterschaft allgemein mit einem Krieg gerechnet.«

Elser sah nur eine Möglichkeit, den Krieg zu verhindern: Hitler musste beseitigt werden. Trotz aller taktischen, aller propagandistischen Vortäuschungen von Friedenspolitik sah er in Hitler den führenden Kriegstreiber. »Ich habe oft genug gehört, wie Georg über Hitler und den damals drohenden Krieg geschimpft hat«, berichtete später sein Bruder. Und Elser: »Ich war der Überzeugung, dass es bei dem Münchner Abkommen nicht bleibt, dass Deutschland anderen Ländern gegenüber noch weitere Forderungen stellen und sich andere Länder einverleiben wird und dass deshalb ein Krieg unvermeidlich ist.«

Seine Folgerung: »Die von mir angestellten Betrachtungen zeitigten das Ergebnis, dass die Verhältnisse in Deutschland nur durch eine Beseitigung der augenblicklichen Führung geändert werden könnten. Unter der Führung verstand ich die ›Obersten‹, ich meine damit Hitler, Göring und Goebbels. Durch meine Überlegungen kam ich zu der Überzeugung, dass durch die Beseitigung dieser drei Männer andere Männer an die Regierung kommen, die an das Ausland keine untragbaren Forderungen stellen, die kein fremdes Land einbeziehen wollen und die für eine Besserung der sozialen Verhältnisse der Arbeiterschaft Sorge tragen werden.«

Weiter: »Ich war davon überzeugt, dass der Nationalsozialismus die Macht in seinen Händen hatte und dass er diese nicht wieder hergeben werde. Ich war lediglich der Meinung, dass durch die Beseitigung der genannten drei Männer eine Mäßigung in der politischen Zielsetzung eintreten wird.«

Sodann: »Der Gedanke der Beseitigung der Führung ließ mich damals nicht mehr zur Ruhe kommen, und bereits im Herbst 1938 hatte ich aufgrund der immer angestellten Betrachtungen den Entschluss gefasst, die Beseitigung der Führung selbst vorzunehmen.« Verkürzt: »Den Hitler jag ich in die Luft!«

Seiner Mutter sagte er, nach der Verhaftung: »Ich hab den Krieg verhindern wollen.« Arthur Nebe, Chef des Reichskriminalpolizeiamtes, resümierte nach Verhören

Elsers: »Kein ›Pazifist‹ im üblichen Sinne, dachte er ganz primitiv: Hitler ist der Krieg, und wenn dieser Mann weg ist, dann gibt es Frieden.«

ELSER WAR SICH RASCH IM KLAREN DARÜBER, dass ein Attentat auf Hitler nur bei einer öffentlichen Veranstaltung möglich war. Hier bot sich an: die jedes Jahr wiederholte Feier zum 9. November, in Erinnerung an Hitlers gescheiterten Putschversuch 1923 in München.

Anfang November 1938 fuhr Elser von seinem schwäbischen Geburts- und Wohnort Königsbronn in die bayerische Landeshauptstadt, inspizierte nach der Gedenkfeier den Saal im Bürgerbräukeller, registrierte die Position des Rednerpults vor einer der mittleren Säulen der Längsseite des Saales. »In den folgenden Wochen hatte ich mir dann langsam im Kopf zurechtgelegt, dass es am besten sei, Sprengstoff in jene bestimmte Säule hinter dem Rednerpodium zu packen und diesen Sprengstoff durch irgendeine Vorrichtung zur richtigen Zeit zur Entzündung zu bringen. Wie dieser Entzündungsapparat aussehen müsste, darüber war ich mir damals noch nicht im Klaren. Die Säule habe ich mir deshalb gewählt, weil die bei einer Explosion umherfliegenden Stücke die Leute am und um das Rednerpult treffen mussten. Außerdem dachte ich auch schon daran, dass vielleicht die Decke einstürzen könnte. Welche Personen allerdings um das Rednerpult bei der Veranstaltung sitzen, wusste ich nicht. Ich wusste aber, dass Hitler spricht, und nahm an, dass in seiner nächsten Nähe die Führung sitzt.«

Und Elser begann mit den Vorbereitungen. Als Arbeiter in der Heidenheimer Armaturenfabrik stellte er Presspulverstücke sicher. »Der Diebstahl wurde im Betrieb nicht bemerkt. Ich hatte die einzelnen Stückchen immer aus den Kisten, die bei den Pulverpressen standen, unauffällig und rasch weggenommen. Solange ich noch zu Hause wohnte, habe ich den sich ansammelnden Vorrat an Pulver in meinem Kleiderschrank in meiner Kammer aufbewahrt. Ich hatte das Pulver in ein Papier gewickelt, unten in den Schrank hineingelegt und das Päckchen mit Wäsche zugedeckt. Ich hatte mein Zimmer immer abgeschlossen.«

Nachdem er 250 Pulverplättchen gehortet hatte, suchte und fand er Arbeit im heimischen Steinbruch. Er verlud nach Sprengungen Steinbrocken auf eine Lore. Und behielt den Sprengmeister im Blick. Nach fast jeder Sprengung blieben ein paar der bereitgelegten Sprengpatronen liegen, und Elser griff zu. Ging sodann über zu nächtlichen Einbrüchen im »Betonhäuschen« des Sprengstofflagers. »Die Sprengpatronen und Sprengkapseln habe ich in dem stets von mir mitgeführten Rucksack nach Hause getragen und dort in einem Holzkoffer verwahrt, und zwar unter einem Doppelboden. Den Koffer habe ich stets versperrt, den Schlüssel führte ich bei mir.«

Als er insgesamt 105 Sprengpatronen und 125 Sprengkapseln gesammelt hatte, begann er, den Zünd- und Sprengmechanismus zu entwerfen. »Stundenlang bin ich an einzelnen Tagen über Skizzen, die ich immer selbst fertigte, gesessen und habe mir die Möglichkeit einer

Sprengwirkung überlegt, d.h. wie der Apparat aussehen könnte.« Bald schon sah er eine Möglichkeit, »mit Hilfe von Gewehrmunition die Zündung einer Sprengkapsel zu bewirken«.

Er baute und erprobte im Garten des Elternhauses ein Modell, das später von Gestapobeamten folgendermaßen beschrieben wurde – hier im Auszug: »Das Brett wurde in dem Garten an einem Holzblock fest montiert, das bewegliche Klötzchen mit einer Schnur von Elser aus größerer Entfernung zurückgezogen und damit die Feder gespannt. Beim Loslassen der Schnur schnellte das auf dem Holzstab bleibende Klötzchen vor. Der an ihm befestigte Nagel schlug in der Art eines Gewehrschlagbolzens auf den Patronenboden und brachte Zündhütchen und Blattpulverladung der Patrone zur Entzündung und entzündete gleichzeitig die Sprengkapsel.«

Elser verschaffte sich Sprengkörper: eine Granathülse, zwei Uhrengewichte, die er ausbohren ließ. Für den Zeitzünder hatte er Uhrwerke bereitliegen. Er kündigte im Betrieb, nahm alle Ersparnisse an sich (350 bis 400 Reichsmark, in der Kaufkraft heute etwa 3500 bis 4000 Euro), fuhr Anfang August 1939 mit der Bahn nach München, mietete sich privat ein. »Während dieser ganzen Zeit von August 1939 bis November 1939 stand ich in keinem geordneten Arbeitsverhältnis. Ich war lediglich mit den vorbereitenden Arbeiten für meinen Anschlag beschäftigt.«

Er soll gleich weiter berichten – wenn auch im Amtsdeutsch, mit dem verhörende Beamte von Kriminalpolizei und Geheimpolizei seine schwäbisch intonierten und artikulierten Sätze überlagerten. »An den Tagen, an denen ich nachts im Bürgerbräukeller gearbeitet habe, begab ich mich jedes Mal gegen 20 bis 22 Uhr in den Wirtschaftsraum des Bürgerbräukellers, um dort mein Abendbrot einzunehmen. Ich aß nach der Karte und habe jedes Mal ein Glas Bier getrunken. Gegen 22 Uhr habe ich bezahlt. Ich verließ anschließend den Wirtschaftsraum, begab mich von da aus durch den Garderobenraum in den nicht verschlossenen Saal, begab mich dort über den hinteren Treppenaufgang auf die Galerie, ging diese bis zur rückwärtigen Front entlang und versteckte mich dort in einem Abstellraum. (...) In dem erwähnten Versteck hielt ich mich so lange auf, bis der Saal abgesperrt worden war. Es war dies stets in der Zeit zwischen 22.30 und 23.30. Ehe der Saal abgeschlossen wurde, wurden von Frau Merkel im Saal die dort sich aufhaltenden Katzen gefüttert. Die Galerie hat sie dabei nicht betreten. Anschließend wurde dreimal abgesperrt. Nach dem Abschließen des Saales begab ich mich von meinem Versteck aus unmittelbar an die Säule, wo ich den Einbau meines Apparates vornahm. Ich verblieb ständig die ganze Nacht im Saal. Der Saal wurde in der Zeit zwischen 7 und 8 Uhr morgens wieder geöffnet. Meine Arbeiten hatte ich zwischen 2 und 3 Uhr stets beendet, anschließend hielt ich mich bis zum Verlassen des Saales wieder in dem bereits erwähnten Versteck auf, in dem sich auch ein Stuhl befand. Dort habe ich bis zum Verlassen des Saales gedöst. Im August 1939 habe ich nach Öffnung des Saales diesen teils durch den Notausgang zum Garten verlassen.«

Bange Minuten: »In den ersten Wochen kam es einmal vor, dass der Saal geöffnet wurde, wo, habe ich nicht gesehen, und dass ein Mann mit einer Taschenlampe durch den Saal und durch die Galerie gegangen ist. Ich habe mich damals sofort in meinem Versteck versteckt gehalten. Mein Versteck wurde von diesem nicht kontrolliert. Bis Kriegsbeginn hielten sich in dem Saal auch zwei freilaufende Hunde auf. Diese haben wohl manchmal gebellt, gestellt wurde ich von diesen jedoch nie. Später stellte ich vor die Türe, durch die sich die Hunde in den Saal begeben konnten, einen Stuhl.«

Die erste Arbeit bestand darin, die Holzverkleidung der Säule auf der Galerie zu lösen (auch dort oben standen Tische für Gäste). Der versierte Schreiner: »Ich konnte ein Teilbrett der Säulenverkleidung so aussägen, dass nach Wiederanbringung der Leisten keine Sägeschnittstellen zu sehen waren. Dieses zugeschnittene Brett richtete ich dadurch zu einer Türe ein, dass ich es im Säulenwinkel durch ein je oben und unten angebrachtes Zapfenband drehbar machte. (…) Selbst wenn jemand die Säule tagsüber ganz genau betrachtet hätte, würde er an ihr keinerlei Veränderung bemerkt haben. Die weitere Arbeit an der mit Backstein aufgestellten Säule habe ich mit Meißel, Bohrwinde und Meißelbohrer ausgeführt. Um die Steine später ausbrechen zu können, habe ich mir in einem Werkzeugladen einen Maurermeißel gekauft. Die Backsteine konnte ich nur dadurch entfernen, dass ich in die mit hartem Mörtel ausgefüllten Backsteinfugen mittels Bohrwinde und Meißelbohrer nahe beieinanderliegende Löcher bohrte, den stehengebliebenen Mörtel mit dem Meißel ausbrach und dann die Backsteine mittels längerem Meißel (Hebelarm) stückweise herausbrach. Da in dem Mörtel ziemlich grobe Steine enthalten waren, die jedes Mal, wenn auf sie der Bohrer traf, richtig krachten, habe ich, um den Schall etwas abzudämpfen, ein Stück Tuch um den hinteren Teil des Bohrers gewickelt und bei der Arbeit fest gegen den Stein gedrückt. Ich wollte so den Schall etwas abhalten, da der kleinste Laut in dem leeren Saal bei Nacht ziemlich stark widerhallte. Ich musste überhaupt sehr vorsichtig zu Werke gehen, und deshalb hat die Arbeit auch so lange gedauert. Ich musste bei jedem Brechen und bei jeder Drehung des Bohrers aufpassen, möglichst kein Geräusch zu verursachen. Wenn ich zum Beispiel einen Stein auszubrechen hatte, was immer das größte Geräusch verursachte, habe ich immer gewartet, bis die absolute Ruhe von irgendeinem äußeren Geräusch unterbrochen wurde. Dabei kam mir sehr zustatten, dass ungefähr alle zehn Minuten in den Abortanlagen des Bürgerbräukellers die automatische Spülung einsetzte. Dieses wenige Sekunden anhaltende Geräusch musste ich abwarten, zur Arbeit ausnützen, um dann wiederum bis zur weiteren Tätigkeit zu warten, bis der Spülapparat das nächste Mal die Stille unterbrach.« Mörtelpulver und Backsteinbrocken sammelte er in einem Pappkarton, den er versteckte; war der Karton voll, ging er mit einem Koffer in das Gebäude und holte den Schutt ab.

Tagsüber arbeitete er an Entwicklung und Ausbau der

Zeitzünder-Apparatur, der »Höllenmaschine«. Er hat bei Verhören durch die Gestapo das Gerät genau beschrieben. Um wenigstens einen Eindruck zu vermitteln von der Arbeit des Tüftlers, hier drei Ausschnitte.

»An dem kleinen Zeiger (Stundenzeiger) einer Uhr hatte ich den Fortbewegungshebel D befestigt. Hinter dem Zifferblatt, nicht davor, lag der Hebel D. Auf einer besonderen Achse, die ich erst hinzubaute, hatte ich ein selbstgefertigtes Holzkammrad (Sperrholz mit Buchenholzzapfen) aufgezogen und so in das Gestell des Uhrwerks eingesetzt, dass der Hebel D alle zwölf Stunden einen der zwölf Zapfen B mitnahm und dadurch das Kammrad A um eine zwölftel Umdrehung weiterdrehte. (…) Das Rad J trieb das von mir aufgesetzte Zahnrädchen H, das fest mit einer kleinen Seiltrommel verbunden war, und rollte so das 0,8 mm stark bei K angelötete Drahtseil über die Rolle L1 und L2 laufend auf. Dadurch wurde der Sperrbolzen N, der zwischen den Rollen M locker gehalten wurde, vor der Rolle O weggezogen. Beim Freiwerden der Rolle O konnte der Hebel P, der sich um Q drehte und noch unter Spannung der Feder V stand, wegschnellen. (…) Die Spitzen W schlugen auf die gegenüberliegenden Patronenhülsen (Gewehrmunition ohne Bleikugeln) auf und entzündeten so durch den Aufschlag auf die Zündhütchen der Patronen die mit kleinem Abstand daran anschließend eingesetzten Sprengkapseln Y. Diese Sprengkapseln Y ragten mit ihrem freien Ende durch jeweilige Bohrungen in den Deckel in die Sprengstoffbehälter. (…) Da ich es der Zuverlässigkeit einer ein-

16

zigen Uhr nicht überlassen wollte, ob mein Plan gelang oder nicht, habe ich dieselben Vorkehrungen, die bereits an der ersten Uhr beschrieben, auch an einer zweiten Uhr angebracht. Aus demselben Grund einer doppelten bzw. dreifachen Sicherheit habe ich auch den Sprengstoff nicht nur in einen Behälter gepackt, sondern 3 Schlagbolzen über 3 Zündhütchen auf 3 Sprengkapseln einwirken lassen.

Entsprechend den 12 Kämmen B des Kammrades A konnte ich also jede der beiden Uhren, die an und für sich eine Laufdauer von 14 Tagen hatten, 144 Stunden oder 6 Tage vorher ungefähr auf eine Viertelstunde genau den Zeitpunkt der Explosion einstellen, in Gang setzen. Durch Ausprobieren hätte ich sogar die Einstellung auf 6 Tage voraus auf die Minute genau vornehmen können.«

Anfang November wurden Sprengladung und Zündvorrichtung in die Säule eingebaut. »In die hinterste Ecke des Hohlraums legte ich zuerst die Granathülse, um die ich bereits zu Hause schon den Bandeisenrahmen gezogen hatte.« Hinzu kamen die ausgebohrten, gleichfalls mit Pulver gefüllten, druckfest verschlossenen Uhrgewichte. Er baute die Schlagbolzenvorrichtung ein. Packte hinzu »das übriggebliebene Schwarzpulver, das in die Behälter nicht hineingegangen war, meinen gesamten Vorrat (104 Stück) Sprengpatronen sowie den Rest (ca. 119 Stück) an Sprengkapseln sowie den übrigen Teil von Gewehrmunition mitsamt den Bleikugeln«, benutzte dazu eine selbstgefertigte »löffelartige Zange«. »Mit dieser Zange gelang es mir, auch den kleinsten letzten Hohlraum im hinteren Teil der Höhle auch mit Sprengpatronen auszufüllen.« Es waren insgesamt 8 bis 10 Kilo Sprengstoff. Zuletzt passte er das »Uhrengehäuse« der Zeitzünder ein. (Zuvor hatte er das Türchen in der Säule mit Kork isoliert, damit das Ticken der Uhren nicht gehört werden konnte.) Die Uhren waren eingestellt auf 21 Uhr 20, die Sprengladung scharf gemacht.

AM 6. SEPTEMBER fuhr er nach Stuttgart, besuchte dort seine Schwester. Am 7. kehrte er nach München zurück. »Ich wollte unter allen Umständen noch einmal nachsehen, ob die Uhr nicht vielleicht doch stehengeblieben war. Um die Fahrt nach München antreten zu können, bat ich meine Schwester Maria um Überlassung von 15,– RM, worauf sie mir 30,– geschenkt hat. Von meinen ganzen Ersparnissen hatte ich zu dieser Zeit nur noch 10,– RM. Diese waren bei meinem Münchner Aufenthalt durch die Lebenshaltung und die Anschaffung der Gegenstände für meinen Apparat bis auf die 10,– RM restlos aufgegangen.

Ich fuhr mit dem Schnellzug nach München, wo ich gegen 21 oder 21 Uhr 30 im Hauptbahnhof ankam. Ich führte lediglich eine Beißzange, das Kippmesser und die Sachen, die bei meiner Festnahme vorgefunden wurden, bei mir. Diese Sachen hatte ich in den Taschen meiner Kleidung verborgen. Ferner hatte ich noch ein Paket, in dem sich ungefähr ein halbes Pfund Wurst befand. Vom Hauptbahnhof aus begab ich mich direkt zum Bürgerbräukeller. Ich bin dorthin mit der Straßenbahn gefahren.

18

Es war ungefähr 22 Uhr, als ich dort eingetroffen bin. Durch den Haupteingang in der Rosenheimerstraße ging ich durch den Garderobenraum in den Saal, der leer und nicht beleuchtet war. Ich habe niemanden gesehen. Ich begab mich sofort auf die Galerie und horchte an der Türe der Säule, ob die Uhrwerke sich noch in Gang befinden. Das Ticken der Uhren konnte ich dadurch, dass ich mein Ohr an die Tür gepresst hatte, ganz leise hören. Darauf öffnete ich mit dem Kippmesser die Türen, öffnete die Tür zum Uhrgehäuse und vergewisserte mich mit meiner Taschenuhr, ob die Uhrwerke nicht vor- oder nachgehen. Die Uhr ging richtig. Daraufhin verschloss ich beide Türen, und die Nacht verbrachte ich wieder in meinem alten Versteck.«

Am nächsten Morgen verließ er München, fuhr nach Friedrichshafen, nahm dort einen Dampfer nach Konstanz. »Ich wollte, ohne irgendwelchen Aufenthalt zu nehmen, auf dem möglichst direkten Wege die Grenze nach der Schweiz überschreiten.« Er hatte früher in Konstanz gewohnt, kannte Wege und Schleichwege im Bereich der grünen Grenze. Warum er sich in die Schweiz absetzen wollte, ist nicht überliefert. Offenbar erwartete er nicht, er würde nach einem erfolgreichen Attentat auf Hitler und die Führungsgruppe als Held gefeiert, eher würde man ihn wohl festnehmen, auch unter einer neuen NS-Regierung – Hitler auf dem Höhepunkt von Ansehen und Ruhm, Verständnis für das Attentat wäre in der Bevölkerung gering gewesen.

Der Mann, der wochenlang umsichtig und vorsichtig

disponiert und agiert hatte, er war nun erstaunlich sorglos. Die Grenze war nicht stärker bewacht als in den Jahren zuvor, Vorsicht wäre dennoch ratsam gewesen, jedoch: »Beim Eingang von der Schwedenschanze aus in den Wesenberggarten habe ich ein kleines Gartentor, das aber nicht versperrt war, durchschritten. Als ich in diesem Garten auf der Höhe des Wesenberghauses war, wurde ich angerufen, habe daraufhin auch sofort gehalten und wurde dann von einem Beamten, der mir zuerst alles abnahm, was ich in der Tasche hatte, in ein Dienstzimmer verbracht, wo ich festgenommen wurde.

Wenn ich gefragt werde, was mein erster Gedanke in diesem Augenblick war, so muss ich zugeben, dass ich mich im ersten Augenblick über mich selbst und meinen Leichtsinn geärgert habe.« Erstaunlich auch, dass er, bei seiner genauen Ortskenntnis, gehorsam stehen geblieben und nicht einfach losgerannt war, als ihn ein Zollbeamter gesichtet hatte. Erstaunlich auch, dass er noch einige Teile des Zündmechanismus in den Taschen hatte – er habe vergessen, sie in die Isar oder, später, in den Bodensee zu werfen. »Die Beißzange, die bei mir gefunden wurde, hatte ich mit voller Absicht zu mir gesteckt, um etwaige Stacheldrahthindernisse an der Grenze durchschneiden zu können.«

Wiederum: »Das RFB-Abzeichen, das ich bei meiner Festnahme unter dem Rockaufschlag angesteckt trug, stammt aus der Zeit meiner Zugehörigkeit zum RFB während meiner Konstanzer Zeit. Irgendwelchen bestimmten Zweck, etwa der besseren Aufnahme in der

Schweiz, verfolgte ich mit diesem Anstecken des Abzeichens nicht.«

Er wurde festgesetzt; Transport nach München; die Bayerische Landeszentrale für Fingerabdrücke nahm im Raster des Formblatts ein Dutzend Abdrücke ab.

Ein Kriminalbeamter nahm die »Personalien des politisch in Erscheinung getretenen« Elser auf; anschließend die »Personenbeschreibung«: »Größe mit Fußbekleidung: 164 cm, Schuhgr. 40; Gestalt: schlank; Haltung: straff; Gang: lebhaft, kleine Schritte; Gesichtsform: lgl. eckig, Stirnfalten; Kopfhaar: dunkelblond, sehr dicht, lang, ungescheitelt, leicht wellig; Augen: blau-grau-hell; Augenbrauen: dkl. bl., bogenförmig, breit; Stirn: zurückweichend, sehr hoch; Nase: gradlinig, klein; Ohren lgl.rd., groß abstehend; Mund: groß, dünne Lippen; Zähne: lückenhaft, Goldzähne, OK-Gaumenplatte 7 Z.; Sprache: schwäbisch; Kennzeichen: r. Hand fehlt d. kl. Finger; Kleidung: grau gewürfelter Anzug, rote Strickweste, grauer Hut, dkl.bl. Mantel.«

9. NOVEMBER 1939. Während sonst Hitler und Gefolge gegen 20 Uhr 30 in den Saal einzogen, begann der »Führer« diesmal schon kurz nach acht mit seiner Rede.

Die Anreise war mit dem Flugzeug erfolgt. Der Pilot, Flugkapitän Hans Baur, wurde vom Wetteramt gewarnt: voraussichtlich Nebel für den Zeitraum des geplanten Rückflugs. Hitler aber wollte am nächsten Morgen in Berlin sein; nach dem Polenfeldzug wurde der »Westfeldzug« vorbereitet.

Die Reichsbahn stellte einen Sonderwagen bereit, der an einen fahrplanmäßigen D-Zug angekoppelt wurde; Abfahrtszeit: 21 Uhr 31. Um pünktlich am Bahnhof zu sein, wollte der Diktator kurz nach 21 Uhr Schluss machen; danach die üblichen Sieg-Heil-Rufe, das Absingen von Hymnen; schließlich sollte ihn die Parteiprominenz aus dem Saal begleiten, Limousinen standen bereit.

Hitlers Rede lief mäandernd an. »Das, was wir Nationalsozialisten als Erkenntnis und als Gelöbnis vom Totengang des 9. November in die Geschichte unserer Bewegung mitgenommen haben, nämlich dass das, wofür die ersten 16 gefallen sind, wert genug war, auch viele andere, wenn notwendig, zum Sterben zu bringen – diese Erkenntnis soll uns auch in der Zukunft nicht verlassen.« Und, noch einmal, zum Thema Sterben: »Weder Franzosen noch Engländer hatten mehr Mut, hatten mehr Todeskraft aufgebracht als der deutsche Soldat!«

Zweimal wurde vom Chefadjutanten Schaub ein Zettel aufs Rednerpult gelegt mit dem Hinweis auf die Abfahrtszeit des Zuges. Den ersten Zettel schob Hitler nach kurzem Blick auf Seite, den zweiten Zettel hob er hoch: Ihm werde hier von der Ordonnanz im Auftrag der Reichsbahn mitgeteilt, sein Zug nach Berlin werde pünktlich halb zehn abfahren; der Zug fahre aber erst, wenn er als Führer des Deutschen Reiches das bestimme; von subalternen Reichsbahnbeamten lasse er sich keinerlei Vorschriften machen, »das wäre ja noch schöner!«

Anhaltendes Gelächter, starker Beifall der etwa zweitausend »Alten Kämpfer« der SA. Hitler zerknüllte demonstrativ den Zettel, ließ ihn betont achtlos neben das Rednerpult fallen, setzte die Rede fort, bald wieder mit gewohnter Intensität: »Was immer auch im Einzelnen uns an Opfern zugemutet wird, das wird vergehen, es ist belanglos. Entscheidend ist und bleibt nur der Sieg. Es kann hier überhaupt nur einer siegen, und das sind wir!«

Zwanzig Minuten nach neun löste der Zündmechanismus die Sprengung aus. Es war, laut Polizeibericht, eine »außerordentlich umfangreiche Einsturzwirkung erzielt«. Die Saaldecke kippte herab; dort, wo das Rednerpult gestanden hatte: drei Meter hoch Schutt mit Stahlträgern. Mit Hitler wurde fast die gesamte, zu Füßen des erhöhten Rednerpults zusammengerückte Führungsspitze getötet: Bormann, Frick, Goebbels, Himmler, Rosenberg. Das System war enthauptet.

DER GEFÄHRLICHSTE unter Hitlers potentiellen Nachfolgern wäre der Reichsführer-SS gewesen. Unter einem Himmler als Reichskanzler wäre die Verfolgung der Juden fortgesetzt, ja weiter forciert worden.

Ein ebenfalls gefährlicher Nachfolger wäre Goebbels geworden, vielfach als der intelligenteste der Führungsriege eingestuft. Da auch Goebbels zu den Opfern zählte, gab es nur *einen* Nachfolger: Hermann Göring, von Hitler ohnehin zum »ersten Nachfolger« ernannt, in einer Rede vor dem Reichstag, dies nur zwei Monate vor dem Attentat: »Sollte mir in diesem Kampf etwas zustoßen, dann ist …«

Der preußische Ministerpräsident, der Beauftragte für

den Vierjahresplan der Aufrüstung, der Luftfahrtminister und Oberbefehlshaber der Luftwaffe, Generaloberst Göring befand sich zu jenem Zeitpunkt in seiner Residenz Carinhall in der Schorfheide nordöstlich von Berlin. Kurz vor 22 Uhr wurde er vom Münchner Polizeichef telefonisch über das Attentat informiert. Eine Stunde lang soll Göring »wie gelähmt« in einem Sessel gehockt haben, dann ließ er sich zum Funkhaus in der Masurenallee fahren. Das Radioprogramm war bereits auf Trauermusik umgestellt worden, die Nachricht selbst wurde allerdings noch zurückgehalten, Göring hatte darauf bestanden, sie den Volksgenossen persönlich zu übermitteln.

Nach der zweiten Wiederholung des Trauermarschs aus Beethovens »Eroica« ging Görings Rede live über den Sender. Er sprach frei. Man hörte ihm die Erschütterung an, zweimal brach ihm die Stimme: Der Führer ist nicht mehr unter uns … Ruchlose Ermordung durch polnische Exilanten aus London, vom Britischen Geheimdienst eingeschleust und unterstützt … Bewährte Mitkämpfer der ersten Stunde mit in den Tod gerissen …

Seine Rede gewann jedoch bald wieder den »schneidenden Ton«, den man bei Göring gewohnt war: Rücksichtsloses Vorgehen gegen alle äußeren und inneren Feinde, die da möglicherweise wähnten, die Situation ausnutzen zu können … die Wehrmacht sei von ihm umgehend in Alarmbereitschaft versetzt worden … höchste Wachsamkeit von Schutzpolizei und Staatspolizei … verstärkte Patrouillen … jegliche Form der Zusammenrottung werde augenblicklich aufgelöst, notfalls unter Schusswaffengebrauch, für den er, Göring, vorab die Verantwortung übernehme. Er werde eine neue Regierung der Tatkraft bilden und bereits in den nächsten Tagen dem deutschen Volke vorstellen. Diese Regierung werde im Geiste Hitlers handeln – wenn es sein müsse, rücksichtslos und gnadenlos. Drei Tage Staatstrauer, Geläut aller Glocken des Reiches. Die Totenfeier an der Feldherrnhalle zu München: Aufbahrung der Gefolgsleute unter den Opfern des Anschlags.

Vom Funkhaus ließ sich Göring mit Entourage zur Reichskanzlei fahren. Auf seine Anweisung wurde in sämtlichen Räumen die Beleuchtung eingeschaltet. Die »Ehrenwache« wurde verstärkt. Zahlreiche Berliner fanden sich zur späten Stunde in der Wilhelmstraße ein. Göring zeigte sich kurz an einem Fenster des ersten Stocks.

Sobald es am nächsten Tag die Witterungslage zuließ, flog er nach München. Er verzichtete auf das übliche Arrangement von Orden auf seiner Uniform, trug nur den Pour-le-Mérite.

Der Münchner Polizeichef erstattete Rapport: Die Leichen waren mittlerweile unter Gebäudetrümmern geborgen worden; da Hitlers Körper durch einen T-Träger stark verunstaltet war, wurde sein (provisorischer) Sarg sofort verschlossen.

Mittlerweile war Elser nach Berlin verschubt worden, auf Anforderung der Gestapo-Zentrale in der Prinz-Albrecht-Straße. Göring erteilte intern die Anweisung, den Attentäter nicht in ein Konzentrationslager einzuliefern, sondern in eine reguläre Haftanstalt; auf jede Anwendung von Gewalt sei zu verzichten, die Aussagefähigkeit des Täters dürfe in keiner Weise eingeschränkt werden, er sei lediglich nach eventuellen Mittätern oder Hintermännern zu befragen. Göring beauftragte Diels, Chef der Gestapo, mit Ausführung und Kontrolle der Anordnungen.

DIE TOTENFEIER an der Feldherrnhalle wurde von Albert Speer in erstaunlich kurzer Zeit gestaltet. Staatsoberhäupter, Vertreter zahlreicher Regierungen reisten an. Die betont schlichten, mit Hakenkreuzfahnen bedeckten Särge von Hitler, Himmler, Goebbels und den weiteren Parteigrößen auf einem Postament. Pylone mit großen Schalen, aus denen Flammen hochloderten. Die Berliner Philharmoniker spielten unter Herbert von Karajan das Allegretto der Symphonie Nr. 7 von Beethoven. Gustav Gründgens rezitierte Goethes »Grenzen der Menschheit«. Hermann Göring verlas die Rede, die vom Nachruf zum Aufruf führte, »im Geiste Adolf Hitlers«.

Benito Mussolini, »Freund des Führers«, hielt seine Rede auf Deutsch, sparte nicht mit Pathos. Der Duce, emphatisch, fast mit Tränen in den Augen: Ich war ihm erst Vorbild, dann wurde er mir zum Vorbild. Und er bekundete tiefste Trauer

In engstem Kreise jedoch zeigte er sich erleichtert: Der Mann war weg, der notorisch auf ihn eingeredet hatte. Bei den wenigen Begegnungen: oft stundenlanges Monologisieren des Führers über Politik, über Wehrwirtschaft, über

die Entwicklung neuer Waffensysteme. In Entscheidungs-
prozesse wurde der Duce hingegen nicht einbezogen, ihm
wurde lediglich gemeldet: Besetzung des entmilitarisierten
Rheinlands … Einmarsch ins willige Österreich … Zerschlagung der Tschechoslowakei …

Staatstrauer. Drei Tage lang konnten Volksgenossen
Abschied nehmen von Hitler und den Seinen. Von politi-
schen Beobachtern vermerkt: als Ehrenwache nicht SS-
Männer, sondern Offiziere der Luftwaffe.

Die noch offene Frage, wo Hitler beerdigt werden
sollte, sie wurde vom »Ersten Paladin des Führers« mit
einem Coup beantwortet: Auf dem Territorium Carinhall
am Großdöllner See. Der neue Propagandaminister Hans
Fritzsche wies hin auf Hitlers wiederholte Besuche in
Carinhall, auf dessen Vorliebe für die Residenz auf der
Landzunge im See, auf die »inspirierende Ruhe«.

In einem Sonderzug mit zwei Lokomotiven wurde
Hitlers Sarg nach Berlin überführt. »Abertausende« an
der Strecke, Hakenkreuzwimpel mit Trauerflor schwen-
kend. Vom Anhalter Bahnhof wurden Hitlers sterbliche
Überreste auf einer Geschützlafette in langem Konvoi
zur Schorfheide gebracht. Vor zahlreichen Kameras die
Bestattungszeremonie: groß die Zahl von Staatsgästen,
die dem Konvoi von München nach Berlin gefolgt waren.
Auch hier wieder kamen Teilnahme und Trauer spontan
zum Ausdruck – Hitler hatte bis etwa 1938 als Europas
größter und beliebtester Staatsmann gegolten.

Sein Eichensarg wurde (vorläufig) eingebracht in die
Granitgruft, die Göring für Carin, seine erste Frau, hatte

anlegen lassen. Göring selbst kündete in einem anderthalbstündigen Nachruf die Errichtung eines gigantischen Mausoleums an, ebenfalls auf der durch Hitlers wiederholte Anwesenheit »geweihten« Domäne Carinhall.

Hier entwickelte sich eine fast kameradschaftliche Beziehung zwischen Mussolini und Göring – es soll nach der Beisetzung zu einer jähen Umarmung der beiden Machthaber gekommen sein, im Protokoll nicht vorgesehen: Demonstration italienischen Temperaments, von Göring mit anhaltendem Schulterklopfen beantwortet.

Was nicht ausgesprochen wurde, schon gar nicht vom Propagandaminister, was nur intern verlautete: Es werden keine »Wallfahrten« zu Hitlers Grab stattfinden; die Ruhe des großen Deutschen soll gewahrt bleiben; das Areal Carinhall bleibt hermetisch abgeriegelt.

Gleichsam stellvertretend für die trauernde Volksgemeinschaft hielt Reichskanzler Göring (bald rituelle) »Zwiesprache mit dem großen Toten«. Beim ersten Mal wurde dies für die Wochenschau dokumentiert von einem Kamerateam unter Leni Riefenstahl: Göring steigt, »bei Führerwetter«, hinunter in die Granitgruft im Uferhang des Sees, verweilt ohne Zeugen vor Hitlers Sarkophag, demonstriert mannhafte Trauer, sobald er die Granitstufen heraufsteigt, an den Kameras vorbeigeht, die er, »in tiefe Gedanken versunken«, nicht zu registrieren scheint.

UND WO sollten Himmler, Goebbels, Bormann, Frick und Rosenberg ihre letzten Ruhestätten finden? Im Doppelbau des »Ehrenmals« am Münchner Königsplatz waren die Bronzesärge der sechzehn »Novembertoten« gruppiert, hier konnte nicht mehr umdisponiert werden. Der neue Reichskanzler traf eine Entscheidung, die sich leicht begründen und propagandistisch wirkungsvoll umsetzen ließ: Göring hatte 1923 in vorderster Reihe teilgenommen am Demonstrationsmarsch zur Feldherrnhalle, war schwer verwundet worden im Feuer der bayerischen Landespolizei, und so galt auch für ihn, für ihn vor allem, die Loggia am Odeonsplatz als »geweihte Stätte«.

Sich wieder einmal durch raschen Entschluss profilierend, ließ er die Feldherrnhalle umwidmen: Die Bronzestandbilder von Graf Tilly und Fürst Wrede (»Der eine war kein Bayer und der andere kein Feldherr«, hieß es ohnehin in München) wurden als Denkmäler im Hof der Residenz aufgestellt; so war Platz geschaffen für die Bronzesärge der »fünf großen Toten«. Die Feldherrnhalle fortan als »Ehrentempel«. Göring, in seiner reichsweit übertragenen Rede: »Die Toten gehen nun ein in die deutsche Unsterblichkeit. Dieser Tempel ist keine Gruft, sondern eine ewige Wache. Hier stehen sie für Deutschland und wachen für unser Volk.«

Bald darauf schon konnte in der (weiterhin gleichgeschalteten) NS-Presse berichtet werden, dass »Hunderttausende zum stillen Gedenken am Ehrentempel der Gefallenen des 8. November vorüberziehen«.

GÖRING ALS STAATSMANN: er verzichtet – zumindest vorläufig – darauf, in der Reichskanzlei das saalweite Ar-

29

beitszimmer von Hitler zu übernehmen; alles bleibt so, wie es Hitler zuletzt gesehen, wenn auch kaum in Gebrauch genommen hatte.

Im Kabinettsaal, ebenfalls kaum benutzt, wurde eine Dauerausstellung zu Hitlers Leben und Werk eingerichtet. Dieser Saal lag allerdings in der Sicherheitszone A der Reichskanzlei, und das hieß: Zutritt nur für geladene Personen. Die große Öffentlichkeit wird, bei gegebenen Anlässen, über die Presse ins Bild gesetzt, auch durch die Wochenschau.

Zu seinem Amtssitz, zu seiner Residenz erklärt Göring das Berliner Schloss: er wolle den Volksgenossen, Parteigenossen nah sein. Gelegentlich zeigt er sich auf dem Kaiserbalkon, lässt sich zujubeln, geht »wieder an die Arbeit«. Die müssen allerdings, mehr denn je, andere übernehmen – er verlegt sich, wie weiland Kaiser Wilhelm II. auf das Repräsentieren und Reisen.

Und der Kaiser selbst? Er verlässt das niederländische Exil; ihm wird auf der Insel Korfu das Achilleon zugewiesen, vormals Sitz der Kaiserin Elisabeth. Dem Exkaiser wird zudem eine Yacht zur Verfügung gestellt, verbunden mit der Auflage, die Kreuzfahrten auf den Mittelmeerraum zu beschränken – bei Flottenmanövern in der Nordsee soll Er nicht mehr auftauchen, womöglich Huldigungen entgegennehmend von der Marine, die er seinerzeit favorisiert hatte. Göring will sich die Teilnahme an Flottenparaden nicht nehmen lassen, auch wenn er sich vorrangig für Luftfahrt und Luftwaffe einsetzt.

Reichskanzler Göring im Berliner Schloss: alles scheint stimmig; diesem Eindruck hilft die Presse nach. Göring, in glanzvoller Uniform in festlichen Sälen: So will er gesehen werden, so sieht man ihn denn auch, weithin. Und immer wieder fährt er, mit schneller Wagenkolonne, nordwärts zum Döllnsee, nach Carinhall. Während der Jagdsaison lädt er ausländische Herrscher und Diplomaten ein. Ein Mitglied des britischen Hochadels überrascht die Jagdgesellschaft damit, dass Exzellenz an einen Hirsch heranrobbt, ihn mit einem Blattschuss erlegt. Gebührende Würdigung bei einem rustikalen Fest im noblen Gästehaus.

NEUJAHRSEMPFANG in der Reichskanzlei: opulente Selbstdarstellung des Machthabers. Zahlreich die Regierungschefs, nicht nur aus Europa. In prachtvoller, mit Orden üppig bestückter Uniform bekundet Göring den Friedenswillen des deutschen Volkes. Und stellt, nicht eben protokollgerecht, der Versammlung den neuen Kabinettchef vor, zugleich als Finanzminister fungierend: Carl Friedrich Goerdeler, vormals Leipziger Oberbürgermeister, tätig in diversen Gremien – Göring hatte ihn während Hitlers Regierungszeit kennen- und schätzen gelernt über Denkschriften mit Vorschlägen, die ihm angemessen, mit Warnungen, die ihm berechtigt erschienen waren.

Weitere Angaben zur neuen Führungsspitze: Ludwig Beck als Generalstatthalter, Graf Helldorf als Polizeichef, von Hassel als Minister des Auswärtigen, von Schulenburg als Staatssekretär für das Reichsministerium des Inneren, Fritzsche als Propagandaminister.

BEREITS AM 3. JANUAR 1940 erfolgte ein Treffen mit Oberkommandierenden und Führungsstäben von Wehrmacht, Luftwaffe und Marine in der Reichskanzlei. Einziger Punkt der Tagesordnung: Vereitelung des Krieges im Westen.

Ungeachtet der Kriegserklärung durch Frankreich und England nach dem Einmarsch in Polen sei es, abgesehen von Scharmützeln, im Westen noch nicht zu Kampfhandlungen gekommen. Göring gab zu erkennen, dass dies durchaus in der Generalperspektive seiner Zukunftsplanung liege. Als Rüstungsbevollmächtigter sei er ja nun umfassend informiert über Produktionsumfang und Rohstofflage. Demnach könnte erst ab 1942 das Reich hinreichend gerüstet sein für einen (voraussichtlich Jahre währenden) Krieg womöglich an zwei Fronten – das Problem Sowjetunion sei ja noch lange nicht gelöst.

In Anbetracht dieser Gesamtlage habe er denn – und die folgenden Mitteilungen seien absolut vertraulich –, er habe bereits während der Sudetenkrise sämtliche Hebel in Bewegung gesetzt, um einen Feldzug gegen die Tschechoslowakei zu verhindern – dieser Übergriff hätte, per Vertragsbindung, zu einem Waffengang mit England und Frankreich führen können, und dies wollte er vermieden sehen. »Lassen Sie mich in aller Klarheit und Kürze sagen, dass ich mich bemühte, gute Beziehungen zu England aufrechtzuerhalten. Ich war bestrebt, ohne Hitlers Wissen, mit Lord Halifax einen Kompromiss zu schließen.« Noch kurz vor dem Einmarsch in Polen habe er über die diplomatische Vertretung in Schweden versucht, den Krieg zu verhindern, dies auch und vor allem unter dem Aspekt, dass die Abhängigkeit von Rohstoff- und Materiallieferungen aus diversen Ländern für eine längere Kriegsführung allzu groß sei, als Stichwort hier nur: Wolfram, zur Stahlhärtung. Als zweites Stichwort: Munition. Der kurze Feldzug in Polen habe bereits gezeigt, wie nah »am Abgrund« geplant und operiert worden sei – fast die gesamten Munitionsbestände seien in den drei Wochen verbraucht worden, ein Krieg gegen Frankreich sei gegenwärtig allein unter diesem Aspekt ein selbstmörderisches Unterfangen – sofern man nicht an Wunder glaube und auf Wunder baue. Zahlen- und materialmäßig sei die französische Armee der Wehrmacht gegenüber jedenfalls von erdrückender Übermacht. Er stehe mit seiner schonungslosen Analyse nicht allein da, habe dieser Tage noch einmal Denkschriften der Generalität Revue passieren lassen und sich hier nachhaltig bestätigt gesehen. Es sei weithin Konsens zu vermelden, von dem sich Zukunftsplanung ableiten lasse: Der zwar offiziell erklärte, faktisch jedoch ruhende Krieg mit Frankreich und England müsse durch einen Friedensschluss rechtzeitig beendet werden. Vor allem mit Blick auf England würde damit ein Herzensanliegen des Führers posthum erfüllt: Verständigung mit dem Commonwealth.

Damit wurde die Aussprache eröffnet. Was in Denkschriften, die Hitler achtlos beiseitegelegt hatte, noch mit berechtigter Vorsicht angedeutet worden war, das konnte nun offen ausgesprochen werden: Erhebliche Rückstände gegenüber dem Ausrüstungssoll der drei Waffengattungen wurden beklagt. Auch kam die geringe Motivation in der Bevölkerung zur Sprache – noch weit verbreitete, letztlich verständliche Kriegsmüdigkeit zwei Jahrzehnte nach dem Weltkrieg. Um das Friedensangebot nicht als Schwäche erscheinen zu lassen, sei es allerdings notwendig, die Verlagerung der in Polen frei werdenden Kampftruppen in den Westen fortzusetzen. Auch kam die Sprache auf bedrohliche Einbrüche in der Munitionsfertigung – die alarmierenden Fehlbestände müssten durch energisch erhöhten Munitionsausstoß ausgeglichen werden, auch und vor allem für den Fall eines Präventivkrieges seitens der Sowjetunion.

Per Akklamation wurden Friedensverhandlungen mit Frankreich und England vom Gremium befürwortet. Und Göring ließ Champagner auftragen; es fand ein (von Görings Lieblingsrestaurant geliefertes) Festessen statt, das »Friedensmahl«, von dem noch lange danach geschwärmt wurde.

REICHSKANZLER GÖRING stellte sich gern dar, sah sich gern herausgestellt als Kulturträger. So etwa bei der Eröffnung der Berliner Ausstellung »Aktzeichnungen aus fünf Jahrhunderten«. Den Text seines Redenschreibers eignete er sich volltönend an: »Ingres, der Südfranzose, berührte sich über alle Unterschiede der Jahrhunderte, der Rasse und der Gesellschaft mit dem Florentiner Botticelli in jenem Stilempfinden, das das künstlerisch Sinnliche und Naive vermischte mit einer hohen formalen Lauterkeit … Auch in der Zeichnung von Anselm Feuerbach ist der Akt, noch durchblutet vom Leben, eingefügt in die reife Form … Wenn Poussins Akt wie ein geschnittener Stein in der Fassung der Landschaft ruht, so geht ein malerischer Glanz von ihm aus, der wie ein Widerschein aus der griechischen Sinneswelt leuchtet …«

Hingegen hielt er keine Rede, ja erschien (wie mittlerweile schon üblich) gar nicht erst bei der Eröffnungsfeier der vierten »Großen Deutschen Kunstausstellung im Haus der Deutschen Kunst zu München«. (Göring, privat: »Ich liebe die Kunst um der Kunst willen; meine Persönlichkeit verlangt, dass ich mich mit den besten Kunstwerken der Welt umgebe. Nur Meisterwerke geben mir das Gefühl, lebendig zu sein und innerlich zu strahlen.«) Er änderte seine Haltung, sein Verhalten auch nicht, nachdem die schon weithin kuratierte Ausstellung für die Session 1940 durch neue Exponate »zeitgemäße« Akzentuierungen erhalten hatte. Damit wurde auch der (zuvor Jahr um Jahr einheitlich gestaltete) »offizielle Ausstellungskatalog« neu betextet.

Charakteristische Auszüge. »Der Ehrenraum empfängt den Besucher mit einer vergoldeten Bronzestatue des verewigten Führers, gestaltet von Karl-Heinz Thorak, dem Neffen des Staatsbildhauers Josef Thorak. Die lebensgroße Figur wird erhöht von einem Sockel in Schwarz; den Hintergrund bilden Hakenkreuzbanner und Reichskriegsflagge; Fackeln in Bronzehalterungen schaffen die magische Beleuchtung, die das Herausstreben aus der puren Naturwiedergabe zum Symbol erhöht … Im großen Saal der Plastiken schieben sich hinter die stattliche Zahl stehender Männer und Frauen die beiden Riesenteppiche Werner Peiners mit den ›Schicksalsschlachten der Deutschen‹; es fällt der Blick auf Arno Brekers ekstatischen ›Wächter‹, der in monumentaler Gebärde die eine Wand beherrscht … Zwei Damenbildnisse: einmal steigt der duftig gemalte Kopf der Frau wie eine Blume, die sich langsam öffnet, aus dem warmen braunen Dunkel in das delikate Lilarosa der helleren Partien; sodann sind im Bild des jungen Mädchens Grün und Blond zu einer leicht hingehauchten, barock anmutenden Liebenswürdigkeit geworden … Wohl spricht der vergangene Krieg noch in mancher Figur ein machtvolles Wort, aber Frieden und Insichgekehrtsein in anderen Gemälden umso deutlicher …«

DAS wurde in der Reichskanzlei sofort durchgestellt: Anruf des italienischen Botschafters. Sein Morgengruß verbunden mit einem persönlichen Gruß des Duce – eben noch sei ein Telefonat mit Rom erfolgt. Und nun stehe am Schreibtisch ein junger Mann in der Uniform der italienischen Luftwaffe, Francesco d'Annunzio, Neffe des »kämpferischen Erzengels« Gabriele d'Annunzio. Der sympathische Besucher führe ein Präsent mit sich und bitte um eine Audienz beim Herrn Reichskanzler.

Göring: Na schön, schickt ihn rüber.

Eine halbe Stunde später stand Francesco d'Annunzio im saalgroßen Arbeitszimmer, das Speer für Hitler angelegt hatte – entgegen offizieller Bekundung wurde es von

Göring gelegentlich denn doch benutzt. Der Reichskanzler, in Weiß, empfing den jungen Mann in der »todschicken« Uniform in Blau, betonte die alte Verbundenheit mit Italien, nahm Platz am weitflächigen Schreibtisch. Der Besucher an der Stirnseite, einen in Chagrinleder gebundenen Schriftsatz auf den Oberschenkeln.

Francesco hat, vor etwa einem Jahr, im Centro Sperimentale Aeronautico sul lago Trasimeno, mehr oder weniger zufällig einen Besucher kennengelernt, der in Castiglione Urlaub machte: Berthold Guthmann. Im Verlauf eines gemeinsam verbrachten Abends hat dieser Expilot von zwei seiner Kameraden berichtet, von Wilhelm Frankl und Fritz Beckhardt. Guthmann hat später, offenbar angeregt von Begegnung und Gespräch am Trasimenischen See, einen Bericht über die Kampfeinsätze des jüdischen Dreigestirns verfasst; dieser Text soll nun in die rechten Hände gelegt werden. Und Francesco nimmt Haltung an, reicht den Schriftsatz über die fast völlig leere Schreibtischfläche. Göring erhebt sich halb, nimmt die Schrift entgegen, lässt sich wieder auf die Sitzfläche sinken, schlägt auf: »Wir flogen mit Göring«. Er blättert, scheint vor allem die eingeklebten Postkarten und Fotos zu mustern.

Wilhelm Frankl: der berühmteste der jüdischen Jagdfliegerpiloten, Träger des »blauen Max«, des Pour-le-Mérite. Frankl hatte in seiner Albatros D.III mit einem fünfschüssigen Selbstladekarabiner eine Voisin abgeschossen, hatte an einem einzigen Tag drei feindliche Maschinen vom Himmel geholt, in der folgenden Nacht gleich noch

eine vierte – eine Weltpremiere, nie zuvor hatte nachts
ein Luftkampf stattgefunden. 1917 allerdings stürzte
Frankl ab; er war 24.

Ein kleineres Kapitel über Fritz Beckhardt, der, mit
Göring, dem Jagdgeschwader III angehört hatte. Ein Foto zeigt ihn in seinem Siemens-Schuckert-Doppeldecker;
auf den Rumpf gemalt ein Hakenkreuz, allerdings seiten-
verkehrt; das Hakenkreuz galt zu jener Zeit als Sonnen-
zeichen, damit als Glücksbringer. Das Kriegsglück war
denn auch auf Beckhardts Seite: fast 20 Feindflugzeuge
wurden von ihm abgeschossen.

Göring blättert, legt ab. Und der Verfasser, was treibt
er zurzeit?

Berthold Guthmann wurde nach dem Krieg zum sehr
angesehenen Rechtsanwalt, wohnhaft in Wiesbaden; er
konnte als »Frontkämpfer« die Kanzlei noch bis 1936
weiterführen, wurde zwei Jahre später allerdings, im
Rahmen der »Judenaktionen«, ins Konzentrationslager
Buchenwald verbracht; einige Monate später wieder entlassen, leitet er seither die Wiesbadener Geschäftsstelle
der Reichsvereinigung der Juden, Bezirk Hessen-Nassau,
hat dennoch Muße gefunden, die Schrift zu verfassen.

Die soll aber bestimmt nicht bloß als Präsent fungieren.

Nun, die Übergabe verbindet sich mit zwei Bitten, die
auch vom Duce (dies nicht nur als Pilot!) unterstützt
werden. Zum Ersten: Der Herr Reichskanzler möge sich
dafür einsetzen, dass Beckhardt aus dem Konzentrationslager entlassen wird. Die Herren kennen sich ja seit den

gemeinsamen Kampfeinsätzen, auch hat Beckhardt vor einigen Jahren beim Herrn Generaloberst vorgesprochen. Das Problem nun: Beckhardt hatte eine Beziehung mit einer »arischen« Hausangestellten, wurde wegen »Rassenschande« verurteilt und nach Buchenwald geschickt. Er soll dort einer Strafkompanie zugewiesen sein.

Ist es bei dem einen Anklagepunkt geblieben?

Es ging nur um die, ja: Verfehlung.

Schlimm genug. Aber er hat zweifellos auch seine Meriten. Die werden nach wie vor anerkannt. Schon vor Jahren hatte ich den Vorschlag eingebracht, Juden, die im Ersten Weltkrieg mit dem Eisernen Kreuz ausgezeichnet wurden, sollen von den Judengesetzen ausgenommen werden. Damit war ich damals nicht durchgedrungen, da hatte vor allem Goebbels quergeschossen, jetzt aber sieht all das doch etwas anders aus. Den Fritz pauk ich da heraus!

Und Göring führt ein kurzes Telefonat, zwei Sätze werden im bekannt »schneidenden Ton« gesprochen, es folgt ein knappes »Na also«. Er legt auf. Schon erledigt, Beckhardt kommt heute Abend frei. Und die nächste Bitte?

Guthmann würde die Schrift gern veröffentlichen, ist sich aber dessen bewusst, dass dies auch in der gegenwärtigen Konstellation nur unter besonderem Schutz möglich ist.

Die ersten Juden wagen sich bereits aus den Löchern hervor …? Der Berthold wittert Morgenluft?

Nun, er fühlt sich ein wenig wie im Sommer 36, während der Olympischen Spiele: Zwar immer noch bedroht, aber nicht mehr unmittelbar gefährdet.

Ich konnte die Schrift jetzt nur überfliegen, aber ich habe einen durchaus positiven Gesamteindruck gewonnen. Resultat: ich kaufe Guthmann die Rechte ab. Sie stehen ja in Verbindung mit ihm, sprechen Sie das mit ihm durch. Die Übernahme kann durch eine angemessene Zahlung geregelt werden beziehungsweise durch eine Sachleistung in entsprechender Höhe.

Guthmann wird gewiss von mir hören wollen, aus welchem Grund Sie die Rechte übernehmen wollen.

Reden wir Klartext: Wenn ich ein Vorwort zu der Schrift verfasse, werden die Verkaufszahlen mindestens verzehnfacht. Das bringt allein schon mein Name mit sich. Bei Grießbachs Biographie über mich habe ich das genauso gehandhabt. Das muss auch hier bei den Tantiemen angemessen berücksichtigt werden. So viel zum Verfahren. Was Guthmann angeht: er wünscht ja letztlich eine Rehabilitierung für sich und seine Kameraden; schön, das wird mit meinem Vorspruch in höherem Maße, mit verstärkter Resonanz erfolgen. Also liegt die Regelung in unser beider Interesse.

Und Göring erhebt sich, klopft auf den Ledereinband: Lassen Sie die Schrift gleich hier. Ist von jetzt an Chefsache.

NACHTRAG. Fritz Beckhardt wurde umgehend aus dem Konzentrationslager entlassen. Die Druckrechte für die Schrift wurden dem vormaligen Anwalt Guthmann abgekauft, zu einem leicht überhöhten Betrag, der Schriftsatz verblieb jedoch »bis auf Weiteres« in Görings persönlichem Besitz; eine Publikation fand nicht statt; Anrufe von Guthmann wurden nicht durchgestellt, ein Einschreiben aus Wiesbaden wurde nicht beantwortet.

Die aktivierte Erinnerung an jüdische Staffelkameraden aber könnte, indirekt, doch etwas bewirkt haben: Seit dieser Zeit waren deutsche Juden im Reich zwar »bedroht, aber nicht mehr unmittelbar gefährdet«.

Intern erfolgte eine neue Durchführungsverordnung: Der SS wurde die Leitung von Konzentrationslagern entzogen und auf die Schutzpolizei übertragen. Damit verbesserte sich teilweise die Situation der Häftlinge.

NACH SECHS JAHREN systematischer Hetze gegen Juden, auch von Göring forciert, wird keins der Rassegesetze, wird keine der antisemitischen Durchführungsbestimmungen zurückgenommen, hinter den Staatskulissen jedoch wird modifiziert. Zur Belebung der wirtschaftlichen Entwicklung im Reich weist Göring seinen Gestapochef an, Juden, die in führenden Positionen des Wirtschaftslebens tätig waren, aus den Konzentrationslagern zu entlassen, diskret. Juden in vormaligen Schlüsselpositionen erhalten zwar nicht ihre früheren Stellen zurück, sollen aber ihre Kenntnisse und Erfahrungen als Berater und stille Teilhaber einbringen.

Offiziell hingegen die Verfügung, laut der Beschädigung und Zerstörung von jüdischem Besitz unter Strafe gestellt werden: Erhalt von Volksvermögen.

Ebenfalls offiziell: Jüdische Literatur bleibt verboten. Einfuhr von Büchern jüdischer Autoren (zumeist in Amsterdam gedruckt) wird indes geduldet – Ware unter dem Ladentisch, wenigstens bei Buchhändlern, die das Risiko eingehen wollen in Anbetracht der ein wenig gelockerten Rahmenbedingungen.

DURCH SEIN (STÄNDIG ERWEITERTES) »FORSCHUNGSAMT« ließ Göring nach wie vor Personen überwachen, postalisch und telefonisch. Dabei war der Fokus auf kommunistische Organisationen gerichtet: »Die Hatz wird fortgesetzt!« Speziell auf zwei »Widerstandsnester« schwor Göring seine Institution ein: die »Transportkolonne Otto« und »Berliner Gruppen«.

Transportkolonne Otto: Auch nach einigen Verhaftungen war die Gruppe weiterhin aktiv, sie schmuggelte politische Zeitungen und Flugschriften, in der Schweiz hergestellt, zumeist über den Bodensee ins Reich. Trotz aller Kontrollen, Razzien, Verhaftungen – es tauchten weiterhin, speziell im Südwesten des Reiches, inkriminierte Zeitungen auf und vor allem: Flugblätter. Die Weitergabe, der Besitz, allein schon die Lektüre führten zu Verhaftung und Verschleppung: die sogenannte Schutzhaft, der zeitlich meist unbestimmte Aufenthalt in einem Lager.

Berliner Gruppen: Hier konnte noch kein klares Feindbild ausgemacht und festgeschrieben werden, weiterhin wurden die (vorerst amorph erscheinenden) Gruppen »ins Visier genommen«; sie entzogen sich, konspirativ geschickt, weithin der Verfolgung. Unterstützt wurden Männer des kommunistischen Widerstands durch Moskau; es war dem »Forschungsamt« gelungen, eine der Funkfrequenzen zu bestimmen; die Nachrichten blieben allerdings verschlüsselt.

Die Berliner Gruppen zeigten Präsenz vor allem durch Klebezettel: Parolen aus jeweils nur wenigen Wörtern, an immer wieder überraschenden Stellen über Nacht »angepappt«. Was Göring speziell alarmiert hatte: Flugblätter, die während des Spanischen Bürgerkriegs in Berlin auftauchten, die militärische Unterstützung Francos durch die deutsche Luftwaffe, speziell durch die »Legion Condor« anprangernd. Verstörung im Amt sodann durch fiktive Briefe, wiederholt verschickt, etwa als Bericht über die Flucht aus einem Konzentrationslager und damit verbunden die detaillierte Beschreibung dortiger Zustände. Oder der fiktive Bericht eines Soldaten über die Ausbildung zum Kampf in Tundra-Gebieten. Oder das Schreiben einer Frau, in der Rüstungsindustrie beschäftigt, speziell bei der Produktion von Bombenzündern – Hinweis auf weiterhin anwachsende Produktionsziffern …

Und immer wieder Flugblatt-Parolen mit der Generalperspektive: Die Befreiung von Kapitalismus und Nationalsozialismus kann allein der Sowjetunion gelingen. Unter Experten im »Forschungsamt« besonders gefürchtet: Fallschirmspringer als Vorkämpfer der Befreiung. Es war bislang noch nicht gelungen, einen von ihnen zu stellen, zu verhaften, man rechnete in der Berliner Zentrale jedoch fest mit deren Einsatz: Kommunisten, ins Moskauer Exil geflohen, lassen sich, nach speziellem Training, in die Mark Brandenburg einfliegen und versuchen, nach nächtlicher Landung, Kontakte mit diversen Gruppierungen aufzunehmen, um deren Tätigkeit zu koordinieren, deren Aktionen »mit klarer Stoßrichtung« zu bündeln. Görings Parole: Rote Einzelkämpfer, rote Gruppierungen »werden eiskalt zur Strecke gebracht«.

ATELIER IN VIERTER GESCHOSSHÖHE; Blick hinab und hinüber auf Spree und Oberbaumbrücke. Der junge Bildhauer Karl-Heinz Thorak arbeitet am Gipsmodell für eine spätere Bronzebüste des Generalstabsoffiziers Henning von Tresckow.

Dabei anwesend Dr. Hanns-Georg Marchfeld, Persönlicher Kunstreferent Görings. Der Besucher scheint den (mit einem Göring-Stipendium ausgezeichneten!) Künstler nicht weiter zu beachten, inspiziert an einer der Wände Entwürfe eines Segelboots: Längsschnitt, Querschnitt, Segelriss, S-Spant-Partie. »Rasante Rumpfform, schmaler, tiefer Bug, nach hinten abgeflacht – wie sind übrigens die Maße?« Der Bildhauer, ohne den Blick vom Gipsmodell zu lösen: »10 Meter Rumpflänge, 17 Meter zwischen Bugspriet und Baumnock.«

Es war Marchfeld, der Stipendium und Auftrag vermittelt hatte. Mit seinem Dienstherrn teilt er das Desinteresse an bildhauerischen Monumentaldarstellungen eines Josef Thorak wie eines Arno Breker, favorisiert zugleich »Träger großer Namen«, sofern als Hoffnungsträger eingestuft. Vielversprechend schien denn auch, im Yachtclub Wannsee, eine erste Begegnung zwischen Marchfeld und dem krausköpfigen, kinnbärtigen Neffen des in die Liste der »Gottbegnadeten« aufgenommenen Josef Thorak: »Wenn Sie mal nach München kommen, sollten Sie meinen Onkel im Atelier besuchen. Thorak ist klein, hat lange Haare und schafft Figuren so hoch wie ein Haus.« Und Marchfeld, im späteren Verlauf des Eröffnungsgesprächs: »Karl-Heinz …?! Also, den sollten Sie auf der Stelle vergessen! K. H., so muss das lauten, muss sich das einprägen: K. H. Thorak!«

Der Kunstreferent schaut dem Bootsbauer und Bildhauer nun beim Modellieren zu, beginnt, scheinbar beiläufig, zu sprechen: Begleitsätze, die helfen sollen, Charakteristisches noch prägnanter herauszuarbeiten.

Als nach der Dolchstoß-Kapitulation auch das Regiment aufgelöst wurde, in dem Leutnant von Tresckow gedient hatte, hielt er der von den Siegermächten rigoros reduzierten Reichswehr dennoch die Treue, nahm freiwillig teil am Kampf gegen Spartakisten, am Sturm auf die Redaktion der Zeitung »Vorwärts«. Keine Träne weinte er dem brüchigen Parteienstaat nach, der Deutschland nicht zu einer mächtigen Nation, sondern zu einem kleinen, unbedeutenden Staat gemacht hatte. Von ganzem Herzen begrüßte auch er das nationalsozialistische Aufbauwerk, das Deutschland die Würde als Nation wiedergeben sollte in der Hinwendung zu einer starken nationalen Politik, der Wiederaufrüstung, der Einführung der allgemeinen Wehrpflicht, der Rückkehr zu früheren Traditionen.

Und K. H. T. arbeitet die hohe Stirn des Offiziers heraus, den Übergang zum beinah kahlköpfigen Schädel wie zur fein geschnittenen Nase.

Am »Tag von Potsdam« nahm Tresckow teil an der Parade vor Hitler, vor Hindenburg, vor Ehrengästen des In- und Auslandes. Beförderung zum Hauptmann; Offizierslehrgänge in Berlin; Versetzung in den Generalstab des Reichskriegsministeriums. Als erste Aufgabe: Mitarbeit bei Vorplanungen für den »Fall Grün«, der von Hitler befohlenen »Zerschlagung der Tschechoslowakei«. Bei diesem Entwurf einer strategischen Weisung des Generalstabs erwies sich der versierte Schachspieler Tresckow als souverän operierender Planer. Er kalkulierte Zeitverluste ein durch Eisenbahntransporte des Heeres, bereitete Vorstöße und Teilvorstöße vor bis hin zur Zusammenstellung der Kolonnen, präzisierte topographische Angaben von strategisch relevanten Verkehrsverbindungen wie von Positionen tschechischer Befestigungsanlagen, organisierte die Koordination von »Angriff Heer und Luft«, speziell beim Breschenschlagen in Befestigungslinien.

Und K. H. T. arbeitet die Mundpartie nach: schmale Lippen über einem eher weichen Kinn.

Tresckows Planungsarbeit fand volle Anerkennung seitens des Reichskanzlers, auch und vor allem mit Blick auf die Koordination von Heer und Luftwaffe beim Einsatz in »Grünland«. Laut Führerweisung musste der Einmarsch im Verlauf der ersten vier Kampftage zu einem durchschlagenden Erfolg führen, um Interventionen Frankreichs (Fall Rot) und Englands durch Einschüchte-

46

rung zu verhindern. »Was denn auch voll und ganz gelungen ist!« Der souveräne Planer auch als mutiger Kämpfer: für seine Einsätze in Polen wurde Tresckow mit dem Eisernen Kreuz ausgezeichnet.

Diese Hinweise, so der Besucher, können, ja sollen beitragen zur Profilierung des Mannes, dessen Verewigung einem persönlichen Wunsch des Herrn Reichskanzlers entspricht: die Büste eines preußisch-nationalsozialistischen Offiziers. »Arbeiten Sie das gebührend heraus, Thorak. Es ist Ihre große Chance!«

AUF INTERNE WEISUNG wird Georg Elser nach Berlin verschubt und in der Spandauer Zitadelle eingesperrt. Dies wiederum verbunden mit der strengen Anweisung, speziell an die Gestapo, ihn nicht den üblichen Prozeduren mit eventueller Todesfolge zu unterziehen, vielmehr: ihm, bei ansonsten strikt durchgeführter Isolierhaft, einen Werkraum zur Verfügung zu stellen, ferner sämtliche Materialien und Werkzeuge, die Elser benötige, um die »Höllenmaschine« zu rekonstruieren. Bisherige externe Versuche in dieser Richtung waren gescheitert. Vierzig Lehrlinge der Uhrmacherfachschule, von der Münchner Uhrmacherinnung zum Durchsuchen der Schutthalde freigestellt, hatten nur Stücke eines Zifferblatts, einer Spiralfeder, einer Patronenhülse gefunden, Teile eines Kammrads – Konstruktionsprinzipien wurden damit nicht erkennbar.

Die zeigten sich erst bei der originalgetreuen Rekonstruktion. Die Metallteile, die Elser in verschiedenen Werkstätten hatte bearbeiten lassen: in einer Schlosserei, einer Gießerei, einer Dreherei, sie wurden nun vom Amt angefordert. Das Fortschreiten der Arbeit wurde regelmäßig kontrolliert und dokumentiert.

Mit Polizeieskorte wurde Elser schließlich samt »Höllenmaschine« von Spandau zur Reichskanzlei gebracht. Vor uniformierten Ohrenzeugen brüllte Göring den Häftling an (»stauchte ihn zusammen«): Eingriff eines Dilettanten in die deutsche Geschichte ... Mord am größten aller Deutschen ... Frevel, der gnadenlos geahndet wird ... Fast, so hatten Umstehende den Eindruck, ließ sich Göring zu einem Übergriff hinreißen: gestiefelter Tritt in den Unterleib des Festgehaltenen? Anschließend jedoch, hinter geschlossener Polstertür, ließ sich Göring in kleiner Runde eingehend die Maschinerie erläutern, die ihm den Weg in die Reichskanzlei freigesprengt hatte. Intern soll er den »schwäbischen Tüftler« als seinen »Steigbügelhalter« bezeichnet haben.

Elser wurde nach Spandau zurückgebracht; er sollte, bei schonender Behandlung, für eventuell weiterführende Aussagen und Auskünfte verfügbar bleiben. Die rekonstruierte Höllenmaschine wurde von der Lehrmittelsammlung des Reichsinnenministeriums übernommen, dort allerdings unter Verschluss gehalten.

Georg Elser konnte die Werkstatt der Haftanstalt weiter nutzen. Er baute als Erstes eine Zither, zupfte sie gelegentlich, sang Volkslieder. Hausintern erhielt er Aufträge für weitere Instrumente sowie für Beleuchtungskörper und Schiffsmodelle. »Der kleine Schorsch« baute auch einen Billardtisch, bespielte ihn mit Bewachern.

UM DEN WIEDERHOLT BEKUNDETEN, schließlich mit Verträgen dokumentierten Friedenswillen der neuen Reichsregierung nicht als Schwäche erscheinen zu lassen, ordnete Reichskanzler Göring eine Militärparade an zum Jahrestag seines »Machtantritts«. Anschließend ein Festessen für hohe Gäste im Berliner Schloss. Als Introduktion spielte der Pianist Wilhelm Backhaus, im Gedenken an den großen Toten, eine Sonate von Beethoven: »Les Adieux«. Nach dem Diner ein Auftritt von Zarah Leander. Ausländische Gäste zeigten sich begeistert über den weltmännischen Stil des – wenn auch unüberbietbar eitlen – Regierungschefs.

REICHSKANZLER GÖRING widmet sich weiterhin dem Ausbau seiner Kunstsammlung, muss sich dabei allerdings (im weitgesteckten Rahmen seiner Relationen) bescheiden: »Arisierungen« jüdischer Kunstsammlungen sind nun erheblich erschwert. Doch bietet sich ein Ausweg an: Staatsbesucher sollen von nun an tunlichst Staatsgeschenke in Form von Gemälden und Statuen überreichen. Dafür sorgt Görings Sekretariat mit diskreten Hinweisen: Bitte nicht mehr Degen, Säbel, Schwerter in Silberscheiden mit Edelsteinapplikaturen, bitte nicht mehr Hirsche und Elche in Gold, nicht mehr Goldmodelle von Kathedralen, vielmehr: Gemälde von Niederländern, Flamen, Italienern vor allem des 17. und 18. Jahrhunderts.

So wird Schloss-Saal um Schloss-Saal zum Privatmuseum des Reichskanzlers – er lässt es sich nicht nehmen, ranghohe Besucher persönlich durch die Sammlung zu führen, und sei es in Reitstiefeln und Lederweste, alt-deutsch. Namen von bekannten und berühmten Malern fallen bei solchen Führungen auf »fruchtbaren Boden« – Göring feiert schließlich seinen Geburtstag in »angemessenem Rahmen«, feiert zudem den Jahrestag seiner Machtübernahme mit Festakt und Empfang; dabei können ihm, in dezent applaudierender Runde, Gemälde präsentiert und dediziert werden.

Solche Geschenke weiß Göring durchaus zu würdigen; die Erteilung von Aufträgen kann damit erleichtert, ja gefördert werden. Und er hat viel vor! Die »deutsche Wissenschaft«, die deutsche Industrie erhalten zwei »epochemachende« Aufgaben: die Entwicklung von synthetischem Gummi und synthetischem Treibstoff. Abhängigkeiten von Lieferungen fremder Länder sollen tunlichst eingeschränkt werden.

HINTER DEN KULISSEN betrieb Göring konsequente, ja rigorose Kulturpolitik. So wurden auf seine (selbstverständlich interne) Anweisung die Aufführungen des »Jedermann« vor dem Salzburger Dom verboten: Hugo von Hofmannsthal als Dichter mit jüdischem Hintergrund. Sein Stück wurde ersetzt durch das »Große Salzburger Welttheater«, nach Calderón. »Gewaltige Spielermassen fluten, kunstvoll bewegt, über den ganzen weiten Platz. Reigendurchflochten spannt sich die Handlung vielgliedrig aus. Der von Scheinwerfern, Kerzen und Fackeln erhellte Schauplatz quillt über von Emblemen und Fahnenwäldern – eine Symphonie aus Bewegung, Farbe und

Licht. Die Königskrönung, eine freie Zufügung zu Calderóns Text, schafft optisch einen glanzvollen Höhepunkt.«

Göring war es auch, der ein »Pendant« zu Gustav Mahlers »Symphonie der Tausend« forderte, vor allem mit Blick auf die Vertonung der Schluss-Szene aus Goethes »Faust II«: »Es geht nicht an, dass ein Jude die größte aller Dichtungen deutscher Sprache usurpiert; sie muss in deutsche Tonsprache zurückgeholt werden.« Dem Vorschlag eines Beraters folgend, lud er Carl Orff in die Reichskanzlei ein, erteilte ihm den (hochdotierten) Auftrag, ein monumentales Werk für Orchester, Chor und Solisten zu kreieren, das die jüdische »Usurpation« endgültig zum Verstummen bringe.

Die Festlegung von Einzelheiten übertrug der Reichskanzler seinem Berater in Sachen Musik, einem Mitarbeiter der Reichsfachschaft Komponisten: Unter Verzicht auf Mahlers einleitendes »Veni, creator spiritus« soll erneut die Schluss-Szene aus Goethes »Faust II« vertont werden mit den Solistenpartien der Magna Peccatrix, der Mater Gloriosa, der Mulier Samaratina, der Maria Aegyptica, des Doctor Marianus, des Pater Ecstaticus, des Pater Profundus. Dazu: groß besetzte Chorpartien, dies für die Einleitung (»Waldung, sie schwankt heran«) wie für das Schluss-Stück des Chorus Mysticus (»Alles Vergängliche/Ist nur ein Gleichnis«).

Orff erfüllte den Auftrag, »besonders um das Wort bemüht«, wie er im Begleittext hervorhob. Die Uraufführung fand statt im Berliner Dom. Acht Solisten und vier Chöre wurden begleitet von sechs Konzertflügeln, vier

Harfen, drei Xylophonen, zwei Glocken, drei Glocken-
spielen und zahlreichen weiteren Perkussionsinstrumen-
ten, von sechs Oboen, sechs Trompeten, acht Pauken,
neun Kontrabässen, 52 Violinen und Bratschen.

Die hochkarätig besetzte Präsentation unter der Stab-
führung von Wilhelm Furtwängler wurde bejubelt, auch
in der Fachpresse: »Ungewöhnlich angeschlagene Kon-
zertflügel ... magisch-ekstatische Kräfte der Musik ...
musikalische Sprache des Pathetischen, des Dämoni-
schen, ja des Göttlich-Unerbittlichen ... vehemente Osti-
nato-Ausbrüche rhythmisch geballter Klangmassen ...
eschatologisches Hauptwerk ...«

OHNE den deutschen »Präzeptor« Hitler fühlt Mussolini
sich frei, seinen großen Traum zu verwirklichen: Anrai-
nerländer des Mittelmeeres (»mare nostro«) sollen italie-
nisch werden. So lässt er sich auf militärische Abenteuer
ein, deren Verlauf nicht den propagandistischen Vorgaben entspricht: In Albanien erschwert anhaltend schlech-
tes Wetter und damit Schlammbildung den Vormarsch;
in Griechenland wird stärkerer Widerstand geleistet als
erwartet; in Libyen haben die Truppen mit Hitze und
Sand zu kämpfen.

Generaloberst Göring sieht hier günstige Gelegenhei-
ten, nach dem Blitzkrieg in Polen die Schlagkraft der
hochgerüsteten Wehrmacht erneut unter Beweis zu stellen. Zudem: junge Offiziere wollen sich »bewähren«.
Und: neuentwickelte Waffensysteme sollen unter realen
Bedingungen erprobt werden.

So führt die Luftwaffe flächendeckende Bombardierungen von Tirana durch: hohe Verluste der Zivilbevölkerung. So wird die Marine eingesetzt, um Truppen im Golf von Korinth anzulanden; in überraschender Flankenbewegung stoßen sie vor bis Athen, während italienische Truppen auf der Höhe von Thessaloniki weiterhin steckenbleiben. So wird unter Einsatz zahlreicher Ju 52 die bewährte »Division Brandenburg« nach Libyen eingeflogen; Transport von Panzern auf rasch zusammengestellter Flotte. Die deutschen Truppen können sich erneut Siege »an ihre Fahnen heften«, Göring auch als gefeierter Kriegsherr. Er wird, nach einhelligem Votum des Oberkommandos der Wehrmacht, zum Reichsmarschall ernannt.

Trotz wiederholter, verlustreicher Niederlagen – Benito Mussolini träumt weiterhin von italienischer Vorherrschaft im Mittelmeerraum, will sogar den Suezkanal besetzen und damit seinem Land »unermessliche« Einkünfte erschließen. Bei einem Treffen der Waffenbrüder am Brenner redet Göring dem Duce diesen Plan jedoch aus: Durch eine Militäraktion in Ägypten könnte England, trotz vielversprechend anlaufender Friedensverhandlungen, zum Eingreifen gezwungen werden, die Kampfhandlungen könnten sich zum Weltkrieg ausweiten. »Ich war Soldat, ich bin Soldat von ganzem Herzen; gerade deshalb will ich, in Anbetracht der gegenwärtigen Konditionen und Konstellationen, keinen großen Waffengang!«

ALBERT SPEER wird damit beauftragt, die »Halle des Ruhmes« zu entwerfen, die auf Görings exterritorialer Domäne errichtet werden soll. Der berechnete Effekt: Weil keine Wallfahrten zu Hitlers Grab stattfinden können und das Interesse von Volksgenossen an der Grabstätte von Goebbels, erst recht an der von Himmler nach frühen, meist organisierten Sternfahrten erheblich nachlässt, wird der Nachglanz des Führers überstrahlt vom Glanz des neuen Reichskanzlers, der, beraten von Propagandaminister Fritzsche, die Öffentlichkeit über die gleichgeschaltete Presse in Atem hält.

Dies auch mit der feierlichen Grundsteinlegung des großen Museums zu Linz, einen »Herzenswunsch des Führers« erfüllend; Hitlers Gemäldesammlung soll ergänzt werden durch »Dauerleihgaben« aus Görings Fundus. Auf den Bau des Göring-Museums im Areal Carinhall leistet der Reichskanzler offiziell Verzicht; an der für diesen Bau vorgesehenen Stelle soll Hitlers letzte Ruhestätte errichtet werden. Der Bau dieses Mausoleums wird allerdings sukzessiv verschoben, das Interesse der Öffentlichkeit hingegen periodisch auf das gigantische, von Speer geleitete Bauvorhaben in Linz gelenkt; das Führer-Museum soll gleichen Rang erhalten wie der Louvre.

Die Popularität von Reichskanzler Göring wächst. Er lässt sich feiern als »Mann des Friedens«, entfaltet Glanz als »letzter Renaissancefürst«. Aufwendige Pressebälle ... prunkvolle Neujahrsempfänge ... opulent ausgestattete Aufführungen in ›seiner‹ Staatsoper ... große Flottenparaden, riesige Luftparaden vor zahlreichen Staatsgästen ...

Schlagzeile der »Times«: »Ist das deutsche Reich zum Kaisertum zurückgekehrt?«

Ich war Hitlers Schutzengel

ALS DER TODESSTREIFEN des »antifaschistischen Schutzwalls« in Bauland umgewidmet wurde, als hier die ersten Bagger, speziell Meißelbagger, zum Einsatz kamen, wurde der Eingang eines Bunkers freigelegt, der in der Ära der Deutschen Demokratischen Republik nicht »tiefenttrümmert« worden war: der »Fahrerbunker« in unmittelbarer Nähe zum (mittlerweile beinah restlos beseitigten) »Führerbunker«. Ein Bunker der »SS-Leibstandarte Adolf Hitler«, des Führerbegleitkommandos, das in der Schlussphase der Schlacht um Berlin nichts mehr zu tun hatte, Fahrbereitschaft ohne Fahrbefehle: Hitler ein paar Steinwürfe weiter unter mehreren Metern Stahlbeton, Berlin unter massivem Beschuss der Roten Armee – Artillerie, Panzerkanonen, Stalinorgeln.

Der jahrzehntelang vergessene Bunker wurde geöffnet, man entdeckte, laut Presseberichten, SS-spezifische Wandbemalungen, Öl auf Beton: SS-Männer quasi als Schutzengel, ausgestattet mit riesigen, unten spitz zulaufenden Schilden, die schwarzen Flügeln gleichen. Auf das Höchste alarmiert, nutzte ich die erste Gelegenheit, in den triefnassen Grottenbau einzuschweben, zwei lokalhistorisch engagierten Männern folgend, die sich als Arbeiter ausgaben, angemessen ausgestattet mit Gummistiefeln (rutsch- und stoßfest) und Stirnlampen (hoffentlich auch rückwärtig nach innen leuchtend). Dickleibige Taschenlampen mit Henkeln warfen zusätzliches Licht, während die Männer Flutstrahler aufstellten, Kabel verlegten; Lichtstrahlen schwenkten umher, rissen Details aus dem Dunkel: Riesenadler mit Hakenschnabel ... Bub mit Modellflugzeug ... flügelähnlicher schwarzer Schild ...

Die Männer waren nicht zum ersten Mal im Tropfsteinbunker, hantierten umsichtig. Während ihrer Vorbereitungen, die ich mit Engelsgeduld verfolgte, führten sie – Volker hier, Gert dort – ein Fachgespräch: Theoretisch, rein theoretisch wäre ein Verbindungstunnel zwischen Fahrerbunker und Führerbunker ... überhaupt der Führerbunker: total unsinnig, den abzureißen, und das mit derartigem Aufwand ... guck mal hier, Handgranaten, ganze Kiste Handgranaten, total verrostet ... also eigentlich müsste der Führerbunker rekonstruiert werden, dürfte nicht allzu schwer sein: Bodenwanne noch erhalten, auch Mauersockel, die Raumeinteilung ist damit vorgegeben, Fotos vermitteln alles Weitere, »Beton ham wa jede Menge« ... Panzerfäuste liegen hier »ooch noch rum«, die waren ja bis an die Restzähne bewaffnet ... Also, wie gesagt, Verschalung angelegt, Transportbeton rein, Fisimatenten kann man sich sparen bei der Rekonstruktion, keine Wandgemälde oder so. Und dann: für handverlesenes Publikum Begehungen von Hitlers Kommandozentrale aus der Zeit, als selbiger noch ein bisschen was zu sagen hatte, aber noch was in Bewegung setzen, das war nicht mehr ... und jetzt schmeißen wir den Honda an.

Der schnurrte los vor dem Eingang, und es ward Licht, stetiges Licht, es zeigten sich Wandbemalungen, wohin das Auge blickte. Ein Bänkchen, darauf ein Paar, er in Uniform, Arme verschränkt, linkes Bein über rechtes Bein geschlagen, sie, Arme verschränkt, rechtes Bein über linkes Bein geschlagen, dennoch Schulterschluss, und schräg hinter dem helmlosen Kollegen ein SS-Mann, den fast körpergroßen schwarzen Schild mit der Spitze auf den Boden gesetzt, und schräg hinter der jungen Frau ein SS-Mann, den fast körpergroßen schwarzen Schild mit der Spitze auf den Boden gesetzt, Flankenschutz für das Liebespaar. Und rechts davon, symmetriebetont in der Wandflächengestaltung, ein Tischlein mit Tischtuch, ein Uniformierter ohne Helm, jedoch mit Humpen, prostet einem geklonten Mannsbild zu: gleichfalls Schaftstiefel, jedoch keine Uniformjacke, stattdessen: Hemd mit auf-gekrempelten Ärmeln; ebenfalls erhobener Bierhumpen, Prosit; schräg hinter dem helmlosen Kollegen ein SS-Mann, den fast körpergroßen schwarzen Schild mit der Spitze auf den Boden gesetzt, schräg hinter dem Kollegen im Hemd ein SS-Mann, den fast körpergroßen schwarzen Schild mit der Spitze auf den Boden gesetzt – fast unter-armlang auf jedem Schild die SS-Runen.

Die Lokalhistoriker fotografierten, bei ständigem Tropfgeräusch, was ein SS-Unterscharführer des Wei-teren gepinselt hatte. Eine nackte Frau, Beine leicht gespreizt, nacktes Kindlein an sich gedrückt, liegt hin-gebreitet; zu ihren Füßen ein SS-Mann mit zwei Schil-den: einen hält er schützend über die junge Mutter, den anderen setzt er vertikal zu ihren Füßen auf – ebenfalls ein Schild mit dominierender Doppelrune.

Diese, ja, Häresie wurde noch überboten! Drei Uniformierte auf einer Bildfläche, zeittypisch breitbeinig dastehend in ihren Schaftstiefeln, einer wie der andere breitschultrig, schmalhüftig, die muskulösen Oberschenkel von hauteng anliegenden Hosen umschlossen – da wäre ich, sichtbar werdend, nicht weiter aufgefallen mit meiner ätherisch athletischen Statur. Einer der Mannen im Bildvordergrund, die Kameraden schräg hinter ihm postiert in sturer Symmetrie, jeder hält über dem Schädel zwei Schilde waagrecht, oben drauf recken sich zwei riesige Reichs- und Kampfadler, die Flügel kreuzend; unter der Schildbedachung links ein Bauer, Saatgut streuend, rechts eine Frau in ärmellosem Kleid, nacktes Baby im Armwinkel, halbwüchsiges Töchterchen an sich herangezogen, das wiederum die Hand auf ein angeschmiegtes Bübchen legt.

In diesen Wandbemalungen sah ich mit schockierender Deutlichkeit dokumentiert, dass die SS sich Schutzengel-Funktionen angemaßt hatte! Und wie waren diese ›Schutzengel‹ zur Darstellung gelangt? Mit Helm-Sturmriemen unter serienmäßigen Kinnformen äußerster Entschlossenheit.

Konfrontiert mit diesen Provokationen musste, muss ich mich mit aller mir verbliebenen Entschiedenheit abgrenzen von der schwarzen Truppe. Die hatte schließlich eine Aufgabe adaptiert, ja usurpiert, die mir quasi zudiktiert war: Adolf Hitler zu beschützen, vorrangig während seiner Amtszeit als Reichskanzler.

58

Um es gleich eingangs zu betonen: Ich lege größten Wert auf die Feststellung, dass ich keineswegs das Gleiche getan habe wie die Schutzstaffel. Ich habe vollbracht, wozu die a priori gar nicht in der Lage sein konnte. Dennoch sah ich mich im Verlauf der Nachkriegsjahre massiven Vorwürfen ausgesetzt, wenn auch indirekt. Um meine Situation in tradierter Metaphorik zu umschreiben: Ich fühlte mich flügellahm … ließ die Flügel hängen … hatte zeitweilig das Gefühl, mir seien die Flügel gestutzt … Und kam schwer ins Grübeln.

HIER DIE GENERALPERSPEKTIVE meines Rechenschaftsberichts: Wenigstens nachträglich erhoffe ich (wie auch immer vermittelt) eine Legitimierung meiner Mission.

Und damit gleich die Hauptfrage: An welchen Adressaten wende ich mich? Nach vergeblichen Appellen, verbunden mit Stoßgebeten, die bei Gott allerdings keine Antwort fanden, habe ich zeitweilig erwogen, Erzengel Michael zu konsultieren als bewährten Fürsprecher vor Gottes Thron. Fast hätte ich ihn, festgeschriebener Tradition folgend, zu meinem Schirmherrn, Schutzherrn erkoren.

Als Stätte der Begegnung wollte ich in erstem Impuls das Völkerschlachtdenkmal bei Leipzig vorschlagen, als größtes Monument europaweit – so hätten wir uns kaum verfehlen können. Ein topographisch stimmiger Vorschlag: Unübersehbar, weil in Übergröße, ist dort ein gewappneter Erzengel Michael in Stein gehauen, den Blick auf die Wasserfläche gerichtet, den sogenannten »See der

Tränen gefallener Soldaten« – was sich in die Gesamtthematik überzeugend eingefügt hätte. So sah ich uns, vorwegnehmend, über dem Tränensee schweben, während ich ihm mitteile, was er – legitimiert und akkreditiert – »höheren Ortes« vortragen sollte. Und ich sagte mir weiter: Es ist festgeschrieben, dass Michael Gehör findet vor Gottes Thron; ich hingegen, Angelos, hierarchisch herabgestuft, ich will mich nicht damit abfinden, dass auf meine Bitten, auf meine Gebete bislang nichts als Schweigen erfolgte. Dennoch, ich scheue davor zurück, mich an ihn zu wenden; ich fürchte, er würde mir den geharnischten Rücken zuwenden – wie stünde ich dann da?

Andererseits: Wie steht *er* eigentlich da? Letztlich, letztendlich hätte er den mir erteilten Auftrag als unzumutbar zurückweisen müssen, in Anbetracht der mehr als heiklen Gesamtkonstellation. Ich als Hilfskraft der Vorsehung ...?! Michael hat sich in Schweigen gehüllt, ein auf mich abweisend wirkendes Schweigen. So konnte ich mich auch nicht zu seiner Anrufung aufraffen.

Bis auf Weiteres ohne direkten Ansprechpartner, wähle ich also den Schriftweg, dies mit der Hoffnung, ja Erwartung, dass mein Schriftsatz irgendwo aufgegriffen und irgendwie weitergeleitet wird.

WEGWEISEND ein Zitat des heiligen Thomas von Aquin: Auch dem gefährdeten Engel wohnt der Wunsch inne, »durch Verdienst zur Seligkeit zu gelangen«. Allerdings erschweren, ja verhindern dies äußere Widerstände und innere Turbulenzen, die nach 1945 einsetzten, als die

60

Rauchwolken von den europaweiten, ja weltweiten Schauplätzen des Kriegsgeschehens abzogen.

Damals ging ich in Klausur, verharrte im Schweigen der Verweigerung. Dies mit einer gewissen Berechtigung, denn: Kein einziges Mal hatte ich während der Kriegsjahre Weisung erhalten von Gott. Auch war in den Nachkriegsjahren keine Antwort, nicht mal ein Echo zu erwarten auf die Fragen, die mich zunehmend belasteten. So verbrachte ich Jahrzehnte des Selbst-Exils im Gehäuse der Uhr über dem Eingangs-Vestibül des Anhalter Bahnhofs.

Als dieser Kopfbahnhof der Berlin-Anhaltischen Eisenbahn von Sprengbomben, ja von Luftminen getroffen wurde, flogen die römischen Ziffern samt Milchglasscheibe, Zeigern, Antrieb davon. Das nun leere, vorn wie hinten offene Gehäuse blieb flankiert von den beiden Großplastiken der Allegorien des Tages und der Nacht, als Mann, als Frau in dreifacher natürlicher Größe: verkupferte Spezialmasse mit Eisenversteifung und Metall-Hinterfüllung; Gewicht der Galvanoplastiken jeweils rund dreißig Zentner. Was erklären dürfte, weshalb in den fünfziger Jahren dieses Ensemble die Sprengungen der unerwartet renitenten Bahnhofsruine überstand.

In das leere Uhrgehäuse ziehe ich mich phasenweise heute noch zurück. Genug Spielraum zur Entfaltung: zylindrische Form mit einem Durchmesser von anderthalb Metern. Noch angemessener wäre ein Verweilen in der vormaligen Mutteruhr, die alle zehn Uhren des Bahnhofs elektrisch gesteuert hatte – schon das Wort *Mutteruhr* vermittelt ein Gefühl der Geborgenheit, derer ich dringend bedarf. Doch auch die Mutteruhr existiert längst nicht mehr, es blieb nur die gemauerte Umfassung der Uhr in der Fassade am Askanischen Platz. Immerhin ist die Hohlform sorgfältig restauriert worden; seit 2004 wird mein Gehäuse flankiert von Bronzeguss-Kopien der beiden ins Technische Museum verbrachten Originale.

ICH MUSS HIER GLEICH FESTSTELLEN und festhalten: Ich bin in diesem Uhrenrund nicht unablässig um mich gekreist, introspektiv, da wäre ich mir letztlich vorgekommen wie in der Trommel einer Waschmaschine, Daseinsschwindel hätte mich erfasst – ich hatte mir vielmehr eine neue Aufgabe gestellt, eine weitere Perspektive eröffnet, indem ich Gedichte aus dem Italienischen in mein geliebtes Latein übersetzte. Die Vorlage stand früh schon fest: »Le Elegie Romane di Gabriele d'Annunzio«. Einen Großteil der Elegien habe ich gleichsam geläutert: »Gabrielis Nuncii Elegiae Romanae (Latinis Versibus expressit Angelus h.)«.

Ich musste hier nicht lange nach einem Anknüpfungspunkt suchen, der bot sich von selbst an mit der Strophensequenz »In San Pietro«. Hier wurden Säulen im Petersdom zu columnae der lingua latina:

Quattuor exsurgunt umbris rutilantque columnae,
quas veterum in spiras torsit ab aere deum
Berninius. Factum mirum, cruce victima pendet,
quae miser in terra speret ut astra facit.

Ich sprach die Übersetzungsversuche jeweils Zeile für Zeile halblaut vor mich hin, bis sie ihre Form gefunden hatten – damit waren sie auch schon im Gedächtnis gespeichert, fixiert vom Rhythmus, der mich an die strenge Reihung monumental-kantiger Säulen vor dem »Haus der Deutschen Kunst« zu München gemahnte.

OFFEN GESTANDEN: Ich bedarf nicht nur des Trostes, ich brauche Zuspruch, rückwirkend. Ich konnte und kann nicht länger ertragen, dass meine Interventionen falsch gedeutet und bewertet wurden unter dem Vorzeichen: Letztlich hätte bei all dem Geschehen des auf zwölf Jahre verkürzten Tausendjährigen Reiches der Teufel seine Hand im Spiel gehabt.

Ein Stichwort, das mich aus der Erstarrung löste, mich aus dem Uhrgehäuse herausforderte! Wiederholt kam mir zu Ohren, Hitler habe einen Pakt mit dem Teufel geschlossen, das Geschehen der Jahre nach 1933 hätte zunehmend diabolische Züge angenommen, in immer größerer Zahl seien Teufel in Menschengestalt aufgetreten, speziell unter den SS-Wachmannschaften der Konzentrationslager – heraufbeschworen wurde eine letztlich von Satan beherrschte Welt. So müssen sich angeli wie archangeli entschieden zu Wort melden; wir können und dürfen nicht das ketzerische Gerede zulassen, nach der Erschaffung der Welt habe sich der Schöpfer in den unermesslichen Weltraum zurückgezogen und werde erst wieder in Erscheinung treten bei der Vernichtung respektive Selbstvernichtung der Menschheit.

DIES IST DIE FRAGE, die mich primär belastet: War ich, als Hitlers Innere Stimme, ein Echo der Stimme des Allmächtigen?

Zur Klärung der Voraussetzungen suche ich Hilfe bei Thomas von Aquin. Ad primum ergo dicendum: »So ist es eine feststehende Notwendigkeit, dass alle jene Wirkursachen« – und hier sind wir Engel eindeutig mit einbezogen –, »derer sich Gott zur Durchführung Seines Vorsehungsplanes bedient, auch eben durch Gottes Kraft wirksam sind. Also ist es notwendig, dass Gott jedem Wirkenden« – dazu werde wohl auch ich gezählt! – »zuinnerst gegenwärtig ist als einer, der in ihm wirkt, indem er ihm wiederum den Antrieb zum Wirken gibt.« Kann ich, darf ich weiterhin von dieser Prämisse ausgehen? Auf diese Frage bin ich mittlerweile fixiert.

In der Tradierung lautet die Antwort: Wir sind zum Schutz der uns jeweils anvertrauten Person bestimmt, ja verpflichtet. Kapitel 12,15 der Apostelgeschichte: Ein Engel für jeden Menschen, ohne Ansehen der Person. Was sich unterstreichen lässt, ad secundum, mit einem Satz des Aquinaten: »Wie Hieronymus sagt, ist für jeden Menschen ein Engel bestellt zu seinem Schutze.« Und der behütet, als »dienender Geist«, den ihm anvertrauten Menschen »auf allen seinen Wegen«.

Hier werde ich sogleich mit der lästigen, zuweilen fast gehässigen Frage konfrontiert: Wie konnte Angelos einen Hitler schützend begleiten bis zur Stunde des Selbstmords, wo man doch ständig hören, sehen, erfahren musste, welche Todesspur der Führer durch Europa zog?

Eine Frage, die vereinfachend vom Ende aus gestellt wird, das hinreichend bekannt ist; man muss die Frage jedoch aus der Situation heraus stellen, in der sich die – ich sage mal: Anbindung entwickelte.

Dieser Rechenschaftsbericht, sofern er sein Ziel erreichen soll, verpflichtet mich zu rückhaltloser Aufrichtigkeit. Also muss ich eingestehen: Ich habe Hitler anfangs beneidet um die Klarheit, Bestimmtheit, Festigkeit, mit der er sich auf den Allmächtigen berufen, sich religiösen Rückhalt zu verschaffen gewusst hat: »Der Allmächtige hat mir ... Der Allmächtige wird mich ... Die unerhörte Kraft des Christentums ... Der neue und echte Bund mit Gott ... Geführt von der Hand des Herrn ... Vor dem offnen Antlitz des Herrn ... Göttliche Legitimation ... Von göttlicher Allmacht gelenkt und gesegnet ... Führer von Gottes Gnaden ... Erwählt von der Vorsehung ...«

Ich sagte mir, vor allem in den Jahren zwischen 1933 und 39: Wenn eine derart charismatische Persönlichkeit so oft von Gott spricht, so lässt dies, auf Widerruf, letztlich eher positive Rückschlüsse zu. Also erfüllte ich weiterhin die mir von der Inneren Stimme diktierte Pflicht. Nur weiß ich leider noch immer nicht, ob die Innere Stimme, die ich zu Hitlers Innerer Stimme machte, ein Echo der Stimme des Allmächtigen ist. Die Kernfrage!

Ich musste letztlich aber davon ausgehen, dass der Allmächtige mir das eingeblasen, mir das souffliert hat. Wünschenswert wäre allerdings gewesen, ich hätte form- und fristgerecht einen klaren göttlichen Auftrag erhalten: »Das Leben des Adolf Hitler muss von dir, Angelos, geschützt werden, Punkt.« Und als Nachsatz, eventuell: »Ob das gerechtfertigt ist oder nicht, dies zu beurteilen ist nicht deine Sache, Punkt.«

Etwas dieser Art ist nicht geschehen. Was Wunder, dass ich mit gravierenden Irritationen zu kämpfen begann. Der Mann, der von einem wachsenden Prozentsatz der deutschen Bevölkerung gewählt und gefeiert worden war, er glaubte sich vor eben dieser Bevölkerung schützen zu müssen. So wies er Himmler an, die SS zu organisieren. Aus der Leibwache von zwei-, dreihundert Mann wurde eine Formation von Tausenden, bald von Zehntausenden, einer wie der andere in der Uniform des Sicherungskommandos, des Führerbegleitkommandos.

Fürs Erste indes konnte ich mit Gelassenheit registrieren, wie mir zugearbeitet wurde – etwa in der Ausstattung des Dreiachser-Mercedes, in dem Hitler durch Spaliere von Hunderttausenden chauffiert wurde. Damit die Reifen bei einem Attentatsversuch nicht plattgeschossen werden konnten, waren sie in zwei Dutzend Kammern aufgeteilt … die Fenster: 40 Millimeter Panzerglas … unter den Lackflächen von Motorhaube und Türen 18 Millimeter Panzerung … am Wagenheck eine manganbehandelte Panzerplatte.

Hitler nahm, zum Entsetzen des Begleitkommandos, wiederholt das Risiko auf sich, während solcher Fahrten zu stehen, in Grußpositur – sein Kopf, sein Oberkörper über die Panzerung hinaus erhoben. Trifft es zu, so fragt man sich noch heute, dass Hitlers tief in die Stirn, fast bis zu den Brauen herabgezogene Kopfbedeckung mit Stahl

66

unterfüttert war? Stimmt es, dass er eine Stahlweste trug unter der Uniformjacke? Nur so wäre zu erklären, dass er sich möglichem Beschuss aussetzte. Freilich kamen äußere Schutzmaßnahmen hinzu: In der Jubelmasse bewaffnete Männer der Gestapo, das nähere Umfeld im Blick behaltend; Scharfschützen auf Dächern, hinter Fenstern.

Ich konnte, ätherisch schwebend, solche Fahrten mit Gelassenheit beobachten, im sicheren Gefühl, nicht zusätzlich eingreifen zu müssen. Auch nicht, wenn eine Frau, wenn ein Kind, die Absperrung durchbrechend, mit einem Blumenstrauß auf den Mercedes zulief – kein Gift an Stängeln und Blüten; der SS-Mann, der die Blumen stellvertretend an sich riss, er setzte sich keiner Gefahr aus.

Sediert, zugleich irritiert, nahm ich mit geschärfter Aufmerksamkeit wahr: Die erst lax gehandhabten Sicherungsmaßnahmen wurden von SS und Gestapo mehrfach revidiert – das Schutzdienstreferat neu besetzt; Bewachungsvorschriften präzisiert; Sicherheitsdienste verstärkt. Es hatte den Anschein, wenigstens in den ersten Jahren, als hätte ich einen wenig anstrengenden Auftrag zu erfüllen. Vor allem in den Wochen, in denen die Wehrmacht siegreich war, in Polen – es wäre auf millionenfache Ablehnung gestoßen, wäre der gepriesene, von Jubel umtoste Führer beseitigt worden. Ich war in jener Phase eins und einig mit mir, von meiner Aufgabe voll überzeugt, und so konnte ich in aller gebotenen Schlichtheit von mir sagen: Ich bin Hitlers Schutzengel.

DIE SS TAT FREILICH ALLES, um mir – wenn auch indirekt – jegliche Bedeutung abzusprechen, ja meine Existenz schlechthin zu negieren. So sah ich mich im Gegenzug gezwungen, jene unerbetenen Helfer genauer ins Auge zu fassen, den Blick schärfend für Verbrechen, die sich mit der Schutzstaffel in zunehmendem Maße verbanden. Ich muss dies nicht weiter ausführen, brauche angesichts zahlreich vorliegender Dokumente nur zu erwähnen: Verhaftungen von Kirchenmännern durch SD und SS ... Erniedrigungen, Misshandlungen von Priestern, von Patres in Konzentrationslagern, vor allem in Dachau ... Geistliche zu Tode gequält von Männern des SS-Totenkopf-Wachsturmbanns im Uniformschwarz der SS-Leibstandarte ... Einige Opfer unter vielen, allzu vielen: Pater Karl Mangold ... Wilhelm Oberhaus ... Pater August Franz Schubert ... Gustav Goersmann ... Pater Franz Horten ... Bernhard Lichtenberg ...

Ich achte und ehre sie alle, auch wenn sie mich letztlich in Verlegenheit bringen, erwecken sie doch das schmerzhafte Gefühl, ich hätte in ihren Kreisen nicht die rechte Zuwendung finden können, trotz Engelstatus. Sie sahen in Hitler durchweg eine Inkarnation des Bösen – und so wäre ich denn dazu bestimmt gewesen, das Summum malum zu beschützen?

Auch wenn ich damit (indirekt!) in Konkurrenz treten musste zum Personenschutz der SS – ich hielt mich an den Auftrag, erteilt von der Inneren Stimme, auf die ich hörte oder zu hören glaubte. Bis in die Grundfesten erschüttert stelle ich mir heute allerdings die Frage: Souff-

lierte ich mir das Soufflieren? Weniger pointiert: Auf
welchen Wegen oder Umwegen (womöglich Irrwegen?)
mochte der kryptische Auftrag an mich ergangen sein?
Wie auch immer – der jeweiligen Herausforderung folgend, blieb mir nur eines: Den Auftrag auszuführen, ge-
schehe, was da wolle.

ICH WERDE VERSUCHEN, den jeweiligen Tathergang kurz
und bündig darzustellen. Hier nun: die erste Stunde der
Bewährung.

Informationen über politische, ökonomische, militärische Ereignisse und Prozesse jener Ära dürften sich für
den (noch nicht festgeschriebenen) Adressaten meines
Berichts zu Weißem Rauschen akkumulieren, und so he-
be ich zur Erinnerung hervor: Jedes Jahr feierten Nazi-
führung und »Alte Kämpfer« den im Bürgerbräukeller
zu München gescheiterten Putschversuch des 8. November 1923 sowie den durch Schüsse der bayerischen Landespolizei gestoppten Marsch zur Feldherrnhalle am
nächsten Tag. Hauptpunkt der Gedenkfeiern im Bürgerbräu: eine jeweils mehrstündige Rede Adolf Hitlers vor
rund zweitausend SA-Männern.

Der schwäbische Schreiner Georg Elser, aus dem heimischen Königsbronn nach München angereist, registrierte 1938 den obligatorischen Aufmarsch der SA, inspizierte anschließend den Ort des Festakts, stellte fest, dass
Hitlers Rednerpult vor der mittleren Säule der Längsseite
des Saales erhöht aufgestellt war. Und er dürfte erfahren
haben, dass die Parteiprominenz – Bormann, Goebbels,

Himmler, Rosenberg – jeweils zu Füßen des Führers saß, dicht an das Podium herangerückt. So fasste er den Entschluss, im folgenden Jahr Führer und Führung in die Luft zu sprengen. Seine Motivation war schlicht: Er konstatierte, dass es, entgegen allen Proklamationen, der Arbeiterschaft im Dritten Reich wirtschaftlich immer schlechter ging und, vor allem, dass Hitler Krieg wollte.

Ich versuche, einigermaßen adäquat wiederzugeben, was mir zu Ohren kam: »Mir kriagad in Deutschland koi besser Zeit mehr, hend koi bessere Zukunft, bevor dui Regierung net end Luft geschprengt ischd. Ond i sag's dir, i mach des no, i du's.« Oder, in einem eher verständlichen, protokollierten Zitat: »Die in der Arbeiterschaft von mir beobachtete Unzufriedenheit und der von mir seit Herbst 1938 vermutete unvermeidliche Krieg beschäftigten stets meine Gedankengänge.«

In fünfunddreißig Nächten (er hielt sich jeweils auf der Galerie des Saales versteckt, bis Nachtruhe eintrat) höhlte Elser die Säule aus: die »Kammer«, die er später mit Dynamit füllte. Ich litt fast Höllenqualen, während ich zusehen musste, wie der Tischler jeweils ein Stück der Holzverkleidung der Säule türgleich öffnete, um sodann mit Meißel und Handbohrer Ziegel zu lösen. Ich besaß keine Macht über ihn. Vielleicht sagte ihm seine Innere Stimme, sein Innerer Führer, er müsse dieses Werk konsequent verfolgen. Ich hingegen erreichte ihn nicht – jedenfalls nicht auf die Weise, in der wir Schutzengel auf Menschen einwirken: als Innere Stimme.

Zwischenfrage, dringlich: Woher kommt eigentlich die

Innere Stimme? Ich habe ihr wiederholt diese Frage gestellt, sie hat sich allerdings schon so sehr verinnerlicht, dass sie sich dazu nicht äußern will respektive: äußern kann. Das Schweigen, mit dem sich die Innere Stimme indirekt kommentiert, versuche ich wie folgt zu interpretieren: Die Innere Stimme als Resonanz auf eine Stimme, die nur ›von oben‹ kommen kann, wo auch immer das sein mag. Daran halte, daran klammre ich mich: Die Stimme, die einen Schützling leitet (keineswegs gängelt), sie kann nur Binnen-Echo sein.

Im Fall Elser konnte ich meine Stimme allerdings nicht zu seiner Inneren Stimme machen, wir bleiben an den jeweiligen Schützling gebunden. Ergo musste ich zu verhindern suchen, dass Hitler gleich dem ersten aussichtsreichen Attentat zum Opfer fiel.

Damals jedoch schon: Irritationen! Denn in der Zeit, in der Elser seine Vorbereitungen traf, ging er, obwohl alles andere als kirchentreu, zuweilen in ein Gotteshaus, um kurz zu beten. Keine Gebete, in denen er sich mit dem Allmächtigen in Verbindung setzen wollte, keine Gebete mit dem Wunsch des Gelingens seiner technisch versierten Vorbereitungen, er sprach lediglich das Vaterunser, aber schon dies verschaffte ihm innere Ruhe, erwies sich als förderlich für die nächtliche Tätigkeit auf der Empore des Bürgerbräusaales. So spitzte die Konstellation sich zu: Im Namen Gottes traf er Vorbereitungen für das Attentat, das ich in Gottes Namen verhindern musste.

Was die Irritation verstärkte: In Elsers Familie wurde

der Führer bewundert, beinah vergöttert: »Hitler ist für uns wie ein Herrgott.« Wenigstens hat man gesagt: *wie* ein Herrgott und nicht: er ist für uns *der* Herrgott. Von diesem Familienkonsens ließ sich Elser freilich nicht im Geringsten beeindrucken oder gar beeinflussen, er hasste Hitler, hasste Himmler, hasste Göring, hasste Goebbels; sobald man diese Führungsspitze beseitige, würde die Lage der Arbeiter verbessert, würde – nach dem Polen-Feldzug – eine Fortsetzung des Krieges im Westen, damit eine Ausweitung zum Weltkrieg verhindert.

So füllte Elser die Minenkammer mit acht bis zehn Kilo Dynamit. Und konstruierte eine perfekte Zündmechanik – ich darf erwähnen, dass sie später von Elser wie von der Gestapo als »Höllenmaschine« bezeichnet wurde. Sechs Tage vor dem Festakt stellte er den Zeitzünder ein auf 21 Uhr 20 – zu dieser Zeit waren erste Höhepunkte der obligatorischen Brandrede zu erwarten, nach Hitlers meist zögerlichem, gleichsam suchendem Beginn.

So musste ich dafür sorgen, dass der Programmablauf, der Zeitplan nicht eingehalten wurde. Dabei half mir, wenn auch indirekt, Chefpilot Hans Baur, der den Führer nach München eingeflogen hatte. Baur rief an bei der Zentrale des Wetterdienstes, Nebel wurde angekündigt, also riet Baur seinem Dienstherrn, mit der Bahn nach Berlin zu fahren.

Ein Salonwagen wurde an einen D-Zug gekoppelt, planmäßige Abfahrt 21 Uhr 31. Hitler, als Herr über Deutschland seit sechs Jahren, er hätte die Abfahrt verzögern können bis zum Zeitpunkt, der ihm passend schien –

keiner, nicht einmal in der Reichsbahndirektion, hätte Einspruch riskiert und damit womöglich die Einweisung in ein Konzentrationslager.

Eine – wie sonst üblich – zwei bis drei Stunden lange Rede hätte Hitlers sicheren Tod bedeutet, und so übernahm ich die Mission der Inneren Stimme: Mach früher Schluss als sonst … Auch als Führer musst du rechtzeitig am Bahnhof eintreffen … Man darf die Abfahrt eines D-Zugs nicht verzögern … Sei dem deutschen Volk ein Vorbild auch in der Pünktlichkeit …

Dreizehn Minuten nach dem eindringlich soufflierten Aufbruch ging die Bombe hoch, eine Lawine von Mauerwerk und Stahlträgern donnerte hernieder. Doch Hitler saß, vorerst ahnungslos, in der Limousine auf der Fahrt zum Bahnhof oder bereits im Salonwagen. (Und die meisten Männer hatten den Saal zu ihrem Glück schon verlassen.) Ich durfte aufatmen: Mission erfüllt, zumindest für das Jahr 39.

ICH SAH MICH IN MEINER AUFGABE bald auch indirekt bestätigt. Berichte über das Attentat wurden in der NS-Presse groß aufgemacht. Fast einstimmig feierte man die Intervention einer überirdischen Macht. Dabei wortführend Adolf Hitler; er sah bestätigt, dass ihn die Vorsehung an sein Ziel geleiten will. Und in einer Hamburger Schulklasse sang man: »Nun danket alle Gott.« Propagandaminister Goebbels schrieb wahrheitsgemäß, der Führer und sie alle seien wie durch ein Wunder dem Tode entronnen; wäre die Kundgebung, wie alle Jahre zuvor, programmgemäß durchgeführt worden, so lebten sie alle nicht mehr: »Der Führer steht doch unter dem Schutz des Allmächtigen.« Und in einer Kölner Schulklasse sang man: »Nun danket alle Gott!« Es jubelte die Frau eines Parteifunktionärs: Wieder einmal hätten Gottes Engel den Erwählten der deutschen Seele behütet. Wenigstens hier, dankenswerterweise, das Stichwort »Gottes Engel« – wenn auch im Plural! Dachte die NS-Gemahlin gleich an einen Leibwächtertrupp geflügelter Engel? Und in einer Frankfurter Schulklasse sang man: »Nun danket alle Gott!« Ein evangelischer Landesbischof (Name und Dienstsitz habe ich vergessen, ich habe das alles ja nicht auswendig gelernt) setzte einen Sondergottesdienst an, um »Gott für sein gnädiges Bewahren« zu danken; Gott möge »seine schützende Hand fernerhin über dem Führer und unserem Volke halten.« Und in einer Münchner Schulklasse sang man: »Nun danket alle Gott.« Ein Sprecher der Una Sancta hielt kurz und bündig fest: »Gottes Hand lenkt die Geschichte.«

Nach all diesen Erklärungen, diesen Bestätigungen durfte ich mich quasi akkreditiert fühlen als Werkzeug in Gottes geschichtslenkender Hand. Ich sah in mir, theologisch formuliert, eine im Voraus ordnende Ursache. Damit greife ich auf, was der heilige Thomas geschrieben hat, ad tertium: »Von Ihm aber ist die Weisheit herabgeströmt, und zwar zuerst auf die Engel, die zu Teilhabern an der göttlichen Weisheit gemacht worden sind.«

ES FOLGTEN LANGE PHASEN gravierender Anfechtungen, massiver Zweifel. Denn was tat der Mann, zu dessen

74

Schutz ich mich berufen, ja verpflichtet fühlte? Er ließ die Wehrmacht im Rheinland, in Österreich, in der Tschechoslowakei einmarschieren, ließ sie erst Polen, dann Frankreich überfallen, sich über berechtigte Bedenken und Einwände des Generalstabs hinwegsetzend. Hitler erwies sich eindeutig als Kriegstreiber: »Ich werde Frankreich und England angreifen zum günstigsten und schnellsten Zeitpunkt … Ich habe eine gewaltsame Lösung beschlossen … Ich will den Feind vernichten … Ich werde in diesem Kampf stehen oder fallen …« Als Folge, protokolliert: »Führerentschluss zum Angriff«.

Dies auch beim Überfall auf Russland: »Es ist *mein* Krieg!« Nur noch heimlich, unter Freunden und Verwandten, wagten es einige wenige Offiziere, Hitlers Vabanque-Politik zu kritisieren, seine maßlose Selbstüberschätzung, seinen Verlust an Realitätssinn, der täglich unnötige Opfer forderte. Und wenn es mal wieder hieß: Wie Napoleon kann es uns nicht ergehen, wir sind eine moderne, motorisierte Armee, so wies man tuschelnd darauf hin: Sieben Achtel der Ost-Armeen fahren wie zu Napoleons Zeiten auf Pferdewagen, sie reiten, und vor allem: sie marschieren, marschieren.

Ich komme nicht umhin, anzumerken: Zu allen Unzulänglichkeiten der Ausbildung wie der Ausrüstung musste die Wehrmacht auch noch gegen Völkerrecht handeln. Hitlers »Weisungen« vielfach als Mordbefehle, Vernichtungsbefehle, Ausrottungsbefehle – der Krieg »ist mit nie dagewesener Härte zu führen«. So stand die Wehrmacht im Dienst eines Mannes, der in Kreisen der geheimen

Opposition als Kapitalverbrecher bezeichnet wurde. Flüsterleise erhoben sich Stimmen gegen das planmäßige Ausrotten von Menschen, gegen die Menschenjagden zur Requirierung von Zwangsarbeitern, gegen das Aushungern russischer Kriegsgefangener: zwei Millionen waren es schließlich. Folgerichtig konzentrierte sich alle Kritik auf Hitler. Damit erhöhte sich wiederum die Gefahr, dass mein Schützling zum Opfer eines erneuten Attentats werden konnte. So war ich aufgerufen zu verstärkter Wachsamkeit.

DOCH WAS ERGAB SICH AN FOLGEN des fortgesetzten Wirkens von Hitler, an Folgen, mit denen ich mich auseinandersetzen musste in Stunden der Anfechtung? Allein schon das Stichwort Gotteshäuser! Wie viele Kirchen wurden im verlängerten Krieg zerstört?!

Ich nenne nur eine Stadt: Rostock. Im April 1942 wurde die Jakobikirche, vom 13. Jahrhundert an errichtet, durch Brandbomben schwer beschädigt: Dachkonstruktion und Turmhelm vernichtet, Turmmassiv ausgebrannt, Gewölbefelder beschädigt und eingestürzt, Innenausstattung weitgehend verloren. Die Petrikirche, ebenfalls aus dem 13. Jahrhundert: ausgebrannt. Die Michaeliskirche, 15. Jahrhundert: ausgebrannt, Mauerkronen des Langhauses zerstört, Dachkonstruktion, Teile der Flachdecken vernichtet. So könnte ich das landesweit fortführen in einer schier endlos anmutenden Litanei.

Sodann: wie viele Geistliche unserer Kirche wurden verhaftet, verhört, verschubt, gefoltert, ermordet! Dies unter äußerst dürftigen Vorwänden: »Zersetzung der Wehrkraft ... Feindbegünstigung ... Rundfunkverbrechen ... Vorbereitung eines hochverräterischen Unternehmens ...« Der Hauptvorwurf, als Schlagzeile im »Stürmer«, dem Hetzblatt der Nazis: SIE BETEN FÜR HITLERS TOD.

Ich könnte meine erste Auflistung fortführen mit Namen von Priestern, Patres, Fratres, von Laien in Pfarrgemeinderäten, die sich zur Kirche bekannten und nicht, wie gefordert, zum Staat, der sich in Hitler verkörperte, mit Namen von Männern der Kirche, die ihre Verweigerung mit dem Leben bezahlen mussten: Pater Johannes Albrecht ... Bruder Johannes Kremer ... Pater Ernst Lohner ... Pater Franz Horten. In Anbetracht reichlich vorliegender Dokumentationen kann ich mir eine Fortführung dieser Auflistung allerdings ersparen.

Was ich mir nach (unfreiwilligem) Lernprozess allerdings nicht ersparen kann, damit auch nicht dem Adressaten meines Rechenschaftsberichts: Einen Seitenblick in die von Menschen geschaffene Hölle jener Zeit, vermittelt von Kurt Gerstein, einem Mann der (evangelischen) Kirche (DCSV, CVJM, BK), zugleich SS-Obersturmführer (SS-Führungshauptamt, Amtsgruppe D, Sanitätswesen der Waffen-SS, Spezialist auf dem Gebiet der Desinfektion mit Blausäure, Zyklon B).

Die, wenn auch raffende, Wiedergabe seines Berichts: leicht anzukündigen, schwer auszuführen. Ich muss eingestehen: Sehr viel lieber würde ich jetzt über Musik sprechen. Musica mundana ... musica coelestis ... ja, musica coelestis ... Wir Engel gelten schließlich als besonders musikalisch. Sanctus Thomas Doctor Angelicus hat uns denn auch in neun Chöre aufgegliedert, im gregorianischen Dauergesang der himmlischen Heerscharen. Wir »dienenden Geister« fungieren dabei als Chor neun, am weitesten von Gott entfernt, den Menschen dafür am nächsten. Kein Wunder, dass sich schon mal Intonationstrübungen ergeben – die sollten allerdings übertönt werden von gottnäheren, erst recht von gottnahen Chören. Wie lang ist es schon wieder her, dass wir vom neunten Chor gemeinsam gesungen haben. Könnte sich das nur endlich mal wieder erfüllen – die folgenden für unseren Chor arrangierten Zeilen des heiligen Thomas würden besonders starke Resonanz in mir finden:

Per tuas semitas
duc nos quo tendimus
ad lucem quam inhabitas.

Melancholisch, ja grundtraurig stimmendes Zitat! Und mir wird wieder einmal bewusst: Die Himmelswesen der höheren Chöre, ständig in Seiner Nähe, sie werden ansonsten zu nichts herangezogen, in nichts hineingezogen, gar hineingerissen, bloß wir vom neunten Chor, wir »in der Mitte zwischen Gott und den körperlichen Geschöpfen«, wir werden eingesetzt als Vermittler zwischen Gott und der Welt, dies jedoch, vielfach, mit Aufträgen, die uns Gottnähe entziehen und Weltnähe aufzwingen.

Doch handelt es sich um verbindliche Aufträge? Klar

formuliert, verlässlich dokumentiert? Zuweilen sehe ich eher Analogien zu irdischen Verfahrensweisen: Machthaber, die sich mit fragwürdigen Befehlen nicht festlegen wollen, schon gar nicht schriftlich, sie ordnen, ja deuten heikle Missionen nur mündlich an. Beliebtes Muster: Ich muss dir nicht klar sagen, was du tun sollst, aber wehe dir, du machst es falsch!

UND DAMIT, nun doch: die Wiedergabe – hier in verkürzter Form – eines Berichts von Kurt Gerstein.

Belzec; am heißen Augusttag pestilenzartiger Gestank in der Umgebung des Lagers, Millionen von Fliegen. Ein Zug trifft ein aus Lemberg. Ukrainer reißen die Türen auf, peitschen auf die Opfer ein … Lautsprecherdurchsage: Alle müssen sich ausziehen; Prothesen und Brillen sind abzulegen, Wertsachen am Schalter abzugeben, Schuhe müssen mit den Senkeln zusammengebunden und auf den Schuhhügel geworfen werden … Frauen und Mädchen werden die Haare abgeschnitten, die sogleich in Säcke gesteckt werden. Ein SS-Unterscharführer: »Das ist für irgendwelche Spezialzwecke für die U-Boote bestimmt, für Dichtungen oder dergleichen.« … Greise, Kinder, Männer, Frauen, auch mit ihren Babys, sie werden nackt zur Todeskammer getrieben; vor ihr ein Schild: Heckenholt-Stiftung … Alle müssen sich in den Raum drängen, Peitschen helfen nach … Siebenhundert, achthundert Opfer auf 25 Quadratmetern … Der Eingang, Einlass wird geschlossen … Maschinenwart Heckenholt versucht vergeblich, den Dieselmotor zu starten, dessen

Abgase in die Todeskammer geleitet werden sollen ...
Schreie aus dem zum Ersticken überfüllten Raum ... Erst
nach zweieinhalb Stunden springt das Aggregat an ...
Fast eine halbe Stunde lang wird Dieselabgas in den
Raum geleitet, dann ist es still ... Ukrainer müssen die
Leichen herausholen, »nass von Schweiß und Urin, kot-
beschmutzt« ... Zwei Dutzend Zahnärzte brechen Gold-
kronen, Goldzähne heraus ... Die Leichen werden auf
Holztragen zum Massengrab geschleppt, reingekippt ...

JEDER TAG, den Hitler länger am Leben bleibe, koste
16 000 Menschen das Leben, erklärte Henning von Tresckow.

Hiermit komme ich, der Chronologie folgend, zu meiner zweiten Intervention: der Vereitelung des Attentats,
das Tresckow, Erster Generalstabsoffizier der Heeresgruppe Mitte, initiierte, organisierte. Durch das Attentat
wollte er die Basis schaffen für einen Verhandlungsfrieden.

Vier Stichworte zur Person: Familienvater, preußisch,
pflichtbewusst, religiös. Wegen seines lauteren Lebens-
wandels, seiner aufrechten Haltung wurde er von Freunden, von Kameraden zuweilen als »der Heilige« bezeichnet. Charakteristisch für seine Grundhaltung: Obwohl
das Oberkommando des Heeres Weihnachtsfeiern in
christlicher Tradierung verboten hatte, verlas Tresckow
1942 im Offizierskasino des Hauptquartiers bei Smolensk vor versammeltem Korps die Bibelgeschichte von
der Geburt zu Bethlehem. In engstem Kreise gab er zudem kund, was echohaft präsent bleibt: »Wir werden un-

sere Untätigkeit vor dem Richterstuhl Gottes nie vertreten können … Ein Christ kann nur ein wütender Gegner Hitlers sein … Man muss ihn totschießen.« Ja, unter Verschwörern sah man im Führer einen Verbrecher, der ethische Werte als Humanitätsduselei abtat, der bedenkenlos Millionen opferte, der zuletzt sein Land in den Ruin hinabreißen würde. Dieser Hitler, so die Parole, dieser Hitler muss beseitigt werden, damit Deutschland vor dem Schlimmsten bewahrt bleibt.

In Anbetracht des globalen Übermaßes an Informationen dürfte es sinnvoll sein, kurz zu vergegenwärtigen, was damals zur Ausführung gelangen sollte. Und welche neuen Wörter ich erlernen musste. Im Mittelpunkt: plastic explosive.

Ja, ich musste mich mit der englischen Erfindung des plastischen Sprengstoffs C2 und C3 befassen, einer gelbbraunen, fatal nach Marzipan riechenden, rasch Kopfschmerzen erzeugenden Substanz, weich wie Kitt, dehnbar wie Kaugummi, knetbar wie Teig. Musste mich zudem über die Funktionsweise von Säurezündern informieren, jener bleistiftähnlichen Röhrchen, die man in die Plastikmasse hineindrückt: chemisch-mechanische Zeitzünder. Und damit: Glasampulle … Aceton … Schlagbolzen … Zündkapsel … März 1943 lagen in Krasnij Bor Sprengstoffpacken und Zünder bereit – zwei Jahre vor der Endphase des Weltkriegs. Ich skizziere den Ablauf.

Feldflugplatz vor Smolensk … In einem von drei Flugzeugen, viermotorig, begleitet von Jagdflugzeugen, trifft Hitler ein … Er wird erwartet von Generalfeldmarschall

Kluge ... Von der SS-Leibstandarte gefordert: getrennte Fahrt zum Hauptquartier im Waldgebiet am Dnjepr ... Besprechung der geplanten, von Kluge jedoch mit Recht kritisch beurteilten Sommeroffensive bei Kursk ... Gemeinsames Essen im Offizierskasino ... Ein Pistolenattentat mehrerer Offiziere auf Hitler findet nicht statt: striktes Verbot durch den »klugen Hans« ... Er sympathisiert zwar mit dem kleinen Kreis des militärischen Widerstands, will sich an einem Staatsstreich freilich erst beteiligen, sobald Hitler tot ist; dies wiederum will er – ganz entschieden im Bereich des Hauptquartiers – verhindern ... Ohne sein Wissen laufen währenddessen Vorbereitungen für ein Sprengstoffattentat ... Vier, jeweils paarweise gebündelte Clam-Haftminen mit aktivierten Zündern werden an Bord der von Hitler für den Rückflug bestimmten Condor FW 200 praktiziert; dem vermittelnden Offizier wird weisgemacht, es handle sich um zwei Flaschen Cointreau (vierkantige Flaschenkörper!) für einen Kameraden in der ostpreußischen OKW-Zentrale »Mauerwald« – eine Wettschuld. In der Packung sind die lautlosen Zünder eingestellt auf eine halbe Stunde nach dem Start.

Vom Sprengstoffpacken im Führerflugzeug hatte die Schutzstaffel nicht die geringste Ahnung – also konnte nur *ich* eingreifen. Der Bericht über diese Intervention muss ein wenig ausführlicher werden. Ein vielzitierter Satz, sich unversehens einstellend: »Der Teufel steckt im Detail.« Passt nicht recht in den Zusammenhang, kommt mir trotzdem in den Sinn.

Ich sehe Oberstleutnant Heinz Brandt auf dem Roll-
feld stehen mit dem kleinen Paket, das ihm Fabian von
Schlabrendorff mit Grüßen des Henning von Tresckow
überreicht hat, verbunden mit der erneuten Bitte um
Weiterleitung. Brandt steht auf der Schneefläche des
Feldflugplatzes, ein kontinentalkalter Märztag, er muss
auf den Führer warten, der als Erster in die Maschine
steigen wird. Brandt hält das Päckchen, an die Körper-
flanke gedrückt, in der rechten Hand. Er trägt leichte
Handschuhe, keine gefütterten Fäustlinge, so etwas würde stilmäßig nicht passen zum Ersten Offizier der Opera-
tionsabteilung des OKW.

Nun muss etwas geschehen. Ich kann Brandt nicht erreichen, als Innere Stimme, auch hier keine Übersprungs-
handlung, so bleibt nur: ein Hauch, Anhauch, »Pneuma«,
noch kälter als die Minusgrade im russischen März. Ein
Hauch auf die Hand mit dem Päckchen, das Brandt eigentlich mitnehmen sollte in den Fahrgastraum, der zumindest temperiert ist – an die 18 Grad dürften es schon
sein, Hitler will und darf nicht frieren. Doch wo bleibt
der Führer? Limousinen, Kübelwagen, Offiziersgefolge,
Leibstandarte: noch immer nicht in Sicht. Brandt steht
reglos. Ich wiederhole den Anhauch, Kältehauch, lasse
Finger klamm werden. Woher mag sie kommen, diese
Kälte in mir, aus mir heraus?

Hauch, Anhauch zum Dritten, und damit: weiteres
Vereisen der Finger, doch das erscheint selbstverständlich
bei reglosem Warten in russischer Märzkälte. Zugleich
aber auch: Gefrieren des Plastiksprengstoffs ... Binnen-

kristallisation ... Molekülketten lautlos geknackt ... tote Masse, tote Masse ...

Wenige Schritte vor Brandt die Condor; die Ladeluke zum Stauraum, Frachtraum, Gepäckraum ist geöffnet, ein Feldwebel der Luftwaffe steht davor. Brandt gibt sich einen Ruck, geht hinüber, überreicht das Päckchen, muss als ranghoher Dienstgrad keine weitere Erklärung dazu abgeben, der Feldwebel schiebt das Präsent in den Frachtraum, Brandt tritt zur Seite, steckt demonstrativ die Hände in die Manteltaschen. Nun naht die Kavalkade, Oberstleutnant Brandt nimmt Haltung an.

Hitler steigt aus der ersten Limousine, Kluge aus dem zweiten Wagen, kurzer Abschied. Der Führer stapft die Metallstufen hoch, die Klappe zum Frachtraum wird geschlossen, auch Brandt geht an Bord des Flugzeugs, das gleich darauf anrollt, abhebt.

DER ZÜNDVORGANG lief präzis ab: Säure zerfraß Draht, Spannfeder wurde freigegeben, Bolzen schnellte los auf Zündkapsel – doch in dieser permanent von Explosionen durchrüttelten Welt konnte ich diese Explosion der geballten Ladung verhindern.

Der übliche Ablauf: Die Sprengkapsel wird vom Schlagbolzen getroffen, es wird ein blitzschneller chemischer Prozess ausgelöst, der Initialsprengstoff leitet die Detonation ein. Nun aber, dieses eine Mal: Säurezünder funktioniert, Schlagbolzen prellt vor, Zündkapsel wird getroffen – doch was dann?

Als optimale Temperatur für den Sprengvorgang: plus-minus 18 Grad. Tresckow hatte das ermittelt bei Probe-sprengungen von Panzerwracks in einem der Waldgebiete rund um Krasnij Bor, da flogen Panzertürme samt Ge-schützrohren in die Luft. Nun aber: Das Päckchen liegt nicht in der Kabine; mit steigender Flughöhe sinkt die Lufttemperatur weiter ab, auch im Stauraum, womöglich sind es zuletzt achtzehn Grad minus statt achtzehn Grad über Null, der RDX-basierte Sprengstoff, nach meinem Anhauch bereits hart gefroren, wird nun brüchig, das Vorprellen des Schlagbolzens hätte sich wiederholen können wie das Vorprellen einer Spechtschnabelspitze an morschem Baum – es wäre keine Explosion erfolgt!

Die Führermaschine landete pünktlich bei Rastenburg. Und ich konnte wieder einmal aufatmen: Mission er-füllt … Erneut hatte ich meine Überlegenheit gegenüber Aktivitäten der SS-Leibstandarte unter Beweis gestellt. Die Männer in Schwarz mochten sich noch so zahlreich um Hitler scharen – potentiell geschichtsträchtige Atten-tatsversuche nahmen sie nicht wahr. Schutzengel versus Schutzstaffel, so lautete nun erst recht meine Devise.

Auch bei den folgenden Attentatsversuchen: Die SS blieb ahnungslos, wirkungslos, trotz martialischen Ge-habes. Ich, nur Hauch und Innere Stimme, *ich* musste es jeweils richten. Hätte *ich* nicht eingegriffen, der Ver-lauf der Geschichte vor allem von Europa hätte sich we-sentlich geändert. Ich darf mit Fug und Recht erklären, dass ich größte Wirkungen erzielte mit geringsten Mit-teln.

WEITER IM BERICHT! Es gelang Schlabrendorff (Cousin von Tresckow, Mitverschwörer) das in jeder Hinsicht explosive Päckchen in der Kommandozentrale »Mauerwald« sicherzustellen. Auf der Fahrt nach Berlin untersuchte er im Schlafwagenabteil den Sprengsatz, der neue Satzfolgen hätte auslösen können in der Geschichtsschreibung. Schlabrendorff konnte den Grund des Versagens nicht erkennen, wie sollte er auch? Rein technisch gab es hier keine Erklärung. So glaubte er schließen zu dürfen, Hitler habe »den Schutz des Teufels offensichtlich auf seiner Seite«.

Dagegen muss sich unsereins wieder einmal verwahren, schon aus Selbstachtung. Dies auch unter höherem Aspekt: Derart gravierende Einmischungen des Teufels können in Schöpfungsplan und Schöpfungsakt letztlich nicht vorgesehen sein, schließlich zählt Satan zu den Strafengeln, damit ist sein Handlungsspielraum begrenzt. Laut einem Gutachten des Instituts für Satanalogie der »Abwehrstelle« der Diözese Münster will Satan dennoch beherrschend in Erscheinung treten. Um dies zu verhindern, wenigstens zu erschweren, muss die Position von uns Schutzengeln gestärkt werden, und zwar nachhaltig.

DIESE STÄRKUNG DER POSITION korreliert mit Selbststärkung. Die suchte und fand ich über Lektüre, vor allem in der Biblioteca Apostolica Vaticana. Infolge meiner ätherischen Erscheinung war und bin ich zwar angewiesen auf mitlesbare Texte in aufgeschlagenen Büchern sowie auf Bildschirmen der auch dort zahlreichen Laptops, dennoch geriet ich mehrfach in den Sog über mich hinausweisender Erkenntnis.

Bei dieser letztlich aleatorischen Lektüre der Werke des Thomas von Aquin bin ich allerdings keinem Satz begegnet, der mir weiterhelfen könnte: Ist mit völliger Sicherheit auszuschließen, dass Luzifer im heilsgeschichtlichen Programm vorgesehen, einbezogen, eingeplant war? Duldet, braucht, will der Schöpfer den Zerstörer?

Theologisieren ist meine Sache nicht, aber gewisse, wenn auch störende Gedanken stellen sich fast von selbst ein. Immerhin war Lichtbringer Luzifer Ranghöchster in der Hierarchie der Engel, war, vor seinem Sturz, nicht nur so athletisch gebaut wie Michael, er wollte auch noch, mit Krone und Zepter ausgestattet (De spiritu superbiae!), von gleichem Rang sein wie Gott, was unausweichlich zum tiefsten Sturz des höchsten Engels führte.

Ein Lichtträger als Fürst der Finsternis – wie soll man diesen gordisch-göttlichen Knoten lösen? Wenn in Gottes Umkreis alles derart verwickelt war, wie sollte, wie konnte mein Handeln geradlinig bleiben? Hätte nicht von Anfang an auf saubere Trennung geachtet, hätte nicht vorbildlich richtungweisend verfahren werden können: Ein Hitler ab ovo eingeschwärzt, einer wie ich in toto aufgehellt?

Doch ich sehe mich mit einem engelweißen und einem schutzstaffelschwarzen Flügel. Vergeblich jeder Versuch der Reinigung, der purificatio in der Uhrenöffnung der Bahnhofsruine. Vielmehr: mein Denken springt von einem quälenden Gedanken zum nächsten – so, wie früher auf der Milchglasscheibe der Bahnhofsuhr der Minutenzeiger von römischer Ziffer zu römischer Ziffer gesprungen war. Ich fürchte, ich könnte mit hineingerissen werden, nachträglich, in den Engelsturz: per astra ad aspera.

IN SOLCHER STIMMUNGSLAGE sage ich mir zuweilen: Ein Gespräch mit Michael könnte eventuell doch sinnvoll sein. Ad quartum ergo dicendum: »Unter den Engeln werden die niederen von den höheren regiert. Den höherstehenden obliegt es, auf die tieferstehenden einzuwirken. Man spricht im Hinblick auf diese Unterweisung von einer Reinigung, Erleuchtung und Vervollkommnung der untergeordneten Engel durch die höheren.«

Folgt ein Zusatz, der wohl tröstenden Charakter haben soll: »Das schließt jedoch keineswegs aus, dass alle Engel, auch die niedersten, unmittelbar Gottes Wesen schauen.« Gehe ich zu weit, wenn ich konstatiere: Hier irrte Thomas von Aquin – jedenfalls, was mich betrifft?

Erhöhter Unterweisungsbedarf …! So sehe ich mich zuweilen schon einschweben zur Landung auf der Engelsburg. Als richtungweisendes Zeichen: am höchsten Punkt des massigen Rundbaus die den heiligen Michael repräsentierende Bronzefigur, das Schwert in erstarrtem Schwung in die Scheide steckend. (Sonst wird er freilich dargestellt mit hochgerecktem Schwert – gleichsam als Blitzableiter göttlichen Richtspruchs.) Diese Engelsburg, oft genug betont von Feuerwerken in päpstlicher Prachtentfaltung, sie könnte am ehesten Richtpunkt sein für ein göttliches Lichtsignal, und sei es als kurzes Aufglimmen zwischen all den fixen Lichtpunkten von Sternen und den rasch dahinziehenden Lichtpunkten größerer Satelliten.

Selbst wenn unser Gespräch nicht stattfinden sollte, Michael eventuell in Apulien weilend, auf dem Monte Gargano, oder auf dem Mont-Saint-Michel fern, fern am Wassersaum der Normandie – ein Aufenthalt in Rom könnte sich als förderlich erweisen, schließlich sollen Gebete von der heiligen Stadt aus am leichtesten aufsteigen: spirituelle Thermik. »Näher, mein Gott, zu Dir!« So könnte ich eventuell doch mal eine Antwort vernehmen auf die Frage nach der Legitimation meiner Schutzengel-Mission bei Adolf Hitler. Doch kaum ist mir dieser Gedanke gekommen, schon fürchte ich das Ausbleiben jeglicher Antwort auch in Rom, sogar im Petersdom. Ja, meine Befürchtungen gehen so weit, dass ich selbst in Berlin den Aufenthalt in Kirchen scheue, um mich vor letztlich unvermeidlichen Enttäuschungen zu schützen.

Denn, und das wirkt als fortlaufendes Echo nach: In den letzten Jahren des Dritten Reichs waren Gotteshäuser bis unter die Tonnen- oder Kreuzgewölbe erfüllt von geflüsterten, gewisperten, gehauchten Gebeten: All das Elend möge ein Ende nehmen, die Hitler, Himmler, Goebbels & Konsorten sollten endlich von der Bildfläche verschwinden, die Ehemänner, Söhne, Enkel sollten endlich, endlich nach Hause zurückkehren.

Ich schlug zuweilen die Flügel über dem Kopf zusammen bei all dem, was mir zu Ohren kam. Konspiratives Stimmengesumm, ein alles erfassender, mitreißender

Flüsterstrom: Schluss mit Hitler, Schluss mit dem Krieg, Friede auf Erden! All die ausgemergelten Frauen, physiognomisch gezeichnet von den Bombennächten: Wäre der Adolf nur endlich weg; der Adolf ist an allem schuld, was man ertragen, erdulden, erleiden muss, ruf ihn ab, schenk uns Frieden.

Ich schwang mich zuweilen empor in den Glockenstuhl noch nicht zerstörter Kirchen, wünschte mir massives Glockengeläut, um all die Gebete nicht hören zu müssen. Das Läuten aber wurde schwächer, seltener, Glocke um Glocke wegen ihres Kupfergehalts zum Einschmelzen abgeholt, Glocke um Glocke abgestürzt bei Bombentreffern. Umschwirrt von all den Gebeten wusste ich oft nicht mehr, wo mir der Kopf steht. Von vornherein vergebliches Stoßgebet: Herr im Himmel, rücke mir den Kopf zurecht! Kein chiropraktischer Griff aus metaphorischen Wolken heraus, es genügt ein kleines, ein winzig kleines, ein kaum erkennbares Zeichen.

Visus, tactus, gustus in Te fallitur,
sed auditu solo tuto creditur ...

Jedoch ich hörte, ich vernahm nichts. Auch jetzt, innehaltend: Ich höre nichts, vernehme rein gar nichts.

ICH MUSS INDES HINWEISEN auf eine überraschende Erfahrung: Ich fand Trost und Bestätigung ausgerechnet in konspirativen Gesprächsrunden geheimer ziviler Opposition! Dies über folgende Argumentation: Selbst wenn das Attentat einem Diktator gilt, so bleibt es doch Mord … Das echote nach in mir: *So bleibt es doch Mord …* Überhaupt: Einen gewissen Jemand durch Sprengstoff zu beseitigen, dies lässt sich nicht als ritterlich bezeichnen, werden doch andere Personen mit in den Tod gerissen, wobei man nicht immer freie Wahl hat. Alles kulminierte in der Frage: »Darf Hitler mit Sprengstoff getötet werden?« Ein hochrangiger deutscher Offizier mit Plastiksprengstoff in den Manteltaschen, entschlossen, Hitler im Selbstopfer mit in den Tod zu reißen – weitaus mehr als nur eine Frage des Stils!

Diskussionen, schier endlose Diskussionen, doch sie wirkten keineswegs ermüdend auf mich, mir wurde vielmehr der Rücken gestärkt.

Doch feste Meinung blieb nicht fest. Ist die Ermordung eines Gewaltherrschers wirklich nur Mord, somit: moralisch verwerflich, ja verabscheuungswürdig? Thema für eine Fallstudie: Wäre es nichts als Mord, einen um sich schießenden Amokläufer abzuknallen, der zahlreiche Tote hinter sich gelassen hat, zudem genug Munition mit sich führt, um weitere Menschen zu ermorden? Diesen einen töten, der viele Tote auf dem Gewissen (dem Gewissen?) hat, kann dies wirklich nur – ? Ich fühle mich tief gespalten – Bruchstellen, womöglich Sollbruchstellen?!

UND WIEDER FLÜCHTE ICH, posthum, zu d'Annunzio – dies nicht, weil er mal als kämpferischer Erzengel (»defiant archangel«) bezeichnet wurde, sondern, schlicht und ergreifend, weil ich – hätte ich jemals freie Wahl gehabt – sehr gern dessen Schutzengel geworden wäre, vor allem in den Jahren des Ersten Weltkriegs, als er, bereits über 50, in einem U-Boot mitfuhr und, wiederholt, in Doppeldeckern mitflog, auf dem Sitz hinter dem Piloten, dem er unterwegs Zettel mit Höhenangaben und Kurskorrekturen zuschob, und am Ziel warf er selbstverfasste Flugblätter ab, auch Trikolorewimpel mit Zetteln, sogar Handbomben. Für seine Staffel entwarf er den zündenden Leitspruch: Iterum rugit leo, wieder brüllt der Löwe.

Meiner schützenden Begleitung hätte er vor allem bedurft beim legendären Flug über die Alpen hinweg nach Wien, wo er, in wagemutigem Tiefflug, über der Innenstadt einen Blechbehälter mit Flugblättern entleerte. Und selbstverständlich wäre ich ihm zur Seite geblieben, an der Spitze seiner Truppe, bei der Eroberung von Fiume – eine Militäraktion, von der ich allerdings keine genauere Vorstellung habe. Gern wäre ich auch neben ihm verharrt bei einem seiner Gespräche mit dem Duce – was verband und was trennte die Kampfgefährten? Besonders gern hätte ich neben ihm verweilt auf der Terrasse seiner Riesenvilla mit Blick hinunter auf den Gardasee, hätte ihm über die Schulter geschaut beim Schreiben von Versen: geeignet zur Übertragung ins Lateinische? Besonders nah sind mir Verse, die mich gefühlsmäßig aufrichten, mit denen ich aufschwebe: »Elevazione« …!

Surge Elegia! Silens nox cordi est apta dolenti.
Fle dominam nostram, laudibus effer eam.
Nocte iuvat summa lacrimis –

92

Ich muss abbrechen, mich wieder mal losreißen: eine nicht weiter aufschiebbare Pflichtübung als Forderung des Tages!

IN DEN JAHREN, JAHRZEHNTEN nach dem Krieg wurde mir nachhaltig zu Bewusstsein gebracht: Solange ich Hitler am Leben erhielt, wurde das Morden und Vernichten fortgesetzt. Letztlich überflüssig, darauf detailliert einzugehen, schließlich gilt alles historisch Relevante als publiziert, doch komme ich nicht umhin, einen zweiten Augenzeugenbericht wiederzugeben: Helmuth Groscurth über Erschießungen in Polen, in Bjelaja Zerkow.

Dem Oberst wurde von zwei Divisionspfarrern gemeldet, in einem Haus der Stadt seien etwa neunzig jüdische Kinder eingesperrt, bereits seit 24 Stunden ohne Nahrung und Wasser ... Klagen von Soldaten, in der Nähe einquartiert: Die ganze Nacht über das Gewimmer von Kindern ... Auch Empörung: etwa zwanzig Soldaten und Unteroffiziere standen im Hof des Gebäudes, aufgebracht, doch sie unternahmen nichts; im Haus hatten sich bewaffnete Ukrainer eingenistet ... Groscurth informierte sich vor Ort. Drei Räume voller Kinder; »unbeschreiblicher Schmutz, Unrat, Lumpen, Windeln«; zahllos die Fliegen auf den zum Teil nackten, wimmernden Kindern ... Im dritten Raum fast nur Säuglinge; eine Frau versuchte, ein wenig sauberzumachen, obwohl sie fast betäubt war vom Gestank ... Ein Oberscharführer des SD trat auf; Groscurth fragte ihn, was mit den Kindern, Kleinkindern, Säuglingen geschehen solle. Antwort: Die

Angehörigen sind bereits erledigt, der Rest wird ebenfalls erschossen.

ZU RÜCKHALTLOSER AUFRICHTIGKEIT verpflichtet in diesem Rechenschaftsbericht (intendiert mit dem Wunsch nach Rechtfertigung), muss ich eingestehen, dass ich die vorige Sequenz nur mit erheblichem Widerwillen eingerückt habe. Ich hatte das Gefühl, ich müsste meine Lippen mit glühender Kohle reinigen – so, wie der Seraph einst die Lippen des Isaias mit glühender Kohle gereinigt hat. Ich wollte und will mich nicht dem Vorwurf aussetzen, ich hätte höllenschwarze Szenerien aufgehellt, um mich in besserem Licht erscheinen zu lassen.

Des Weiteren muss ich eingestehen, dass ich mich von meinem Rechtfertigungszwang für eine Weile gern dispensieren und am nächsten Gründonnerstag mit den Schwärmen verstummter Kirchenglocken hoch über die Alpen hinweg nach Rom fliegen würde, zum Dachplateau der Engelsburg. So nah beim kirchlichen Weltzentrum dürften Gebete besonders leicht aufsteigen in der schon erwähnten Thermik, gefördert von all den aufgestiegenen Weihrauchwölkchen, all der aufgeheizten Thematik. Was ich dort artikuliere, würde als geflügeltes Gebet mit hinaufgerissen zu einem Punkt, den ich nicht bestimmen kann, den es aber geben muss – sonst sind wir verloren. Herr im Himmel, alles, was ich hier vortrage, geschieht in Erwartung eines Zeichens! Einer Wegweisung, zumindest nachträglich! Einer Rechtfertigung, zumindest rückwirkend! Ist das zu viel verlangt?!

(Ich bin mir dessen bewusst: Ich beginne mich zu wiederholen mit dem Stoßgebet. Doch auch hier darf ich mich auf den heiligen Thomas berufen, ad quintum: »Es fällt die oftmalige Wiederholung der Bitte Gott nicht lästig, sondern gefällt Gott vielmehr.«)

Am allerliebsten wäre mir: nächtliches Verweilen auf der Dachplattform der Engelsburg. Die Stadt endlich zur Ruhe gekommen, von Dunstschichten befreit der Nachthimmel, klar gestirnt. Und auf römischem Resonanzboden höre ich endlich, endlich Sphärenmusik, obwohl die Sphären, längst zerbrochen, sich verflüchtigt haben in diesem grauenhaften Weltraum, der immer weiter hinaustreibt ins Nichts, ins Nichts, ins Nichts – und doch möchte ich ein Echo hören, ein wohltönendes, mich wohltätig durchschwingendes Echo jener Musica coelestis. Ein Traum, gewiss, aber warum soll sich nicht auch mal ein Traum erfüllen, in einer römischen Nacht, ein Traum als Zeichen des Trostes für mich, der ich des Trostes und Zuspruchs bedarf. Wie würde es mich aufrichten, ja beflügeln, könnte ich, und sei es nur kurz, einen Nachklang der Sphärenmusik vernehmen …

Welch grandiose Konzeption früher Jahrhunderte in einer überschaubaren Welt, über der Gott seinen festen Thronsitz hatte: Jeder Planet erzeugt auf seiner Umlaufbahn eine charakteristische Schwingung, Saturn setzt den Dominantengrundton, und in Oktaven, Multioktaven, staffelt sich das, in klingenden Sphärendistanzen, hinauf zum hohen Begleitklang des Mondes, die Planetenschwebeklänge harmonisch aufeinander abgestimmt …

Und nichts mehr, nichts mehr von HGr. und HKL, von OKH und OKW, Sprachzeichen einer fremden Welt, an die ich mich gewöhnen musste, GKdo. und g.Kdos, geschredderte Fachsprache, Spezialistensprache, Vernichtungssprache, WBfh. und WiRüAmt – stattdessen: Dominante, Dominante ... Oktave um Oktave ... Terzen groß und klein ... Septime zwischen Uranus und Jupiter ... Neptun oktaviert Uranus ... Ja, all dies, virtuell, in meine muschellosen Ohren hereinklingend, mein schrundenloses, furchenfreies Hirn durchschwingend samt Merkur-Grundton und Venus-Terz ...

Ja, ich möchte unverzüglich ansetzen zum Schwebeflug vom Uhrenrund des Bahnhofsvestibüls zum Zinnenrund der Engelsburg, aber sehe mich konfrontiert, fast umzingelt von Sätzen, die mich in die Pflicht nehmen, mit denen ich mich in die Pflicht nehme, Sätze, Sätze, Sätze, gruppiert um das Stichwort Verantwortung.

ABER ICH KANN NICHT ALLE LAST auf mich allein nehmen! Dieses eine Leben, das ich wiederholt gerettet habe, ich weiß, ich weiß, es kostete Millionen Menschen das Leben. Aber da wird man wohl mal fragen dürfen: Wo sind denn die Schutzengel all der Opfer verblieben?! Von Flüchen verjagt, von gottlosem Verhalten verscheucht, von Gleichgültigkeit negiert?

Weiter frage ich: Konnte mir die elende Konfliktlage nicht von vornherein erspart bleiben? Hätte der Allmächtige jenen Zollbeamtensohn aus Braunau am Inn nicht frühzeitig zur Strecke bringen können?! Schließlich stehen Gott dem Herrn unbegrenzte Mittel zur Verfügung! Ad sextum ergo dicendum: »Weil der Wille Gottes die Allgemeinursache aller Weltdinge ist, kann dieser göttliche Wille unmöglich seine Wirkung verfehlen.« Und doch, der Allmächtige hat Hitler gewähren lassen, dagegen halfen keine Gebete, keine Gesänge, ohne Einspruch, gar Widerspruch durfte sich Hitler als »das selbstverständlich schaffende Instrument des Göttlichen« feiern lassen.

Damit stellt sich die Frage: Hat der Allmächtige ein weltweit angelegtes Experiment durchführen wollen? Sollte alles auf die Spitze getrieben werden, damit noch deutlicher, noch krasser als in Jahrhunderten zuvor herauskommt, statistisch relevant, wozu Menschen fähig sein können?

Oder ist alles ganz anders? Gottes Schweigen als schockgefrorener Aufschrei angesichts all der Menschheitskatastrophen? Und der verstummte Gott hat sich verflüchtigt in das Nichts jenseits des expandierenden Weltraums? Hat Gott auf diese Weise Selbstmord begangen?

Oder ist alles wiederum anders? Mir kommt hier ein Gedanke, nein, drängt sich auf, ich kann ihm nicht ausweichen, kann ihn nicht abschütteln, er krallt sich fest, ja, Krallen eines letztlich teuflischen Gedankens, aber nun ist er da, kann nicht mehr ignoriert, annulliert werden: War ich womöglich als Werkzeug eingeplant und eingesetzt in einer Strategie des Weltenlenkers, der doch mal in Erscheinung, in Aktion tritt? Musste ich Hitler schützen, weil er den gottlosen Kommunismus vom christlichen Abendland fernhalten sollte? Den Teufel Stalin mit Beelzebub Hitler austreiben? Darf ich, soll ich in dieser Richtung weiterdenken? Ein abwegiger Gedanke oder ein Gedanke, der mich auf den rechten Weg bringt?

Immer größer die Not, immer stärker der Wunsch, endlich, endlich Antwort zu erhalten. Die ich letztlich verdient habe, nachdem ich den Auftrag (den leider kryptischen) unbeirrbar ausgeführt habe – freilich mit Folgeerscheinungen, die mich wiederum schaudern machen. Wohin treibt es mich, wohin wirft es mich, wohin wirbelt es mich? Einhalten, mir selbst Einhalt gebieten, aber wie soll das erfolgen, wo es mich schon so weit hinausgetragen hat? Und weiter hinauswirbelt?

ZUFLUCHT SUCHEN BEI THOMAS! Ad septimum ergo dicendum: »Gott will weder, dass Böses geschieht, noch will er, dass das Böse nicht geschieht. Und das ist gut.« Denn: »Es würde viel Gutes verschwinden, wenn Gott nichts Böses mehr zuließe.« Aber ist nicht zu viel des Bösen geschehen, vor allem unter Hitler? Sic proceditur ... sic procedi ... sic proce ... sic ... ad qua ... ad sic ...

Ich gerate zuweilen durcheinander. Möchte mich dann, alle Stufen der himmlischen Hierarchie überspringend, an den Allmächtigen wenden, dem die Wiederholung von Bitten ja eher gefallen soll: Herr im Himmel, ich weiß immer noch nicht, ob ich wirklich in Deinem Auftrag handelte. Meine Stimme, vom Schützling als Innere Stimme erhört, war sie Deine Stimme, in mir vernommen?

Oder befolgte ich bereits annullierte Anweisungen? Geistliche haben mich verwirrt, Priester, die Hitlers Wirken insgeheim als unselig, sogar als höllisch bezeichneten und entsprechend inbrünstig um sein baldiges Ende beteten.

Und ich?! Wie stehe ich da mit meinen Interventionen, die Hitler ein vorzeitiges Ende ersparten?! Mein Gott, ich habe mich doch nicht in die Position seines Schutzengels hineingeredet, hineingesteigert! Die Aufgabe wurde mir zugesprochen, und das muss ich bestätigt hören. Auch Engel – wie hieß es noch? –, auch Engel können durch Verdienst zur Seligkeit gelangen – wie steht es in dem Punkt eigentlich, letztlich, letztendlich mit mir?

ICH HABE ES NICHT LÄNGER AUSGEHALTEN im leeren Uhrgehäuse des Eingangs-Vestibüls zum verschwundenen Anhalter Bahnhof, habe mich kurzfristig an einen Ort begeben, wo die Distanz zwischen Engelsfrage und Gottesantwort noch kürzer sein könnte als droben auf der Engelsburg: die Stiftskirche von Einsiedeln, Stätte eines Wunders, das vielleicht auch, im Nachglanz, meinen Weg erleuchtet, zumindest aber ein Zeichen setzt auf meinem Wege, ein Zeichen, das mir Auftrieb verleiht.

Einsiedel! So spricht dort die Legende: Meinrad, Einsiedler, bei dem wirklich nichts zu holen war außer einem Stück Brot, einem Becher Wasser, ihm schlugen zwei Raubmörder mit Keulen den Schädel ein, er lag dahingestreckt, Gesicht auf dem Boden, Arme ausgebreitet. Und es schwebten Mit-Engel, Co-Engel herab mit Kerzen, steckten sie fest, steckten sie jedoch nicht an – wie hätte das auch möglich sein können bei unserem Anhauch, sie stecken ihre Kerzen fest an der Stätte des Kapitalverbrechens, heben ab, und da – lumen, lux herabwirkend, gebündeltes Licht –, ein erster Docht glüht auf, eine erste Kerze entbrennt!

Am Ort dieses Kerzenwunders wurde später die Gnadenkapelle errichtet, nun von der Stiftskirche weit umschlossen, hoch überwölbt – die einzige Kirche (wie von päpstlichen Bullen bestätigt), die Gott selbst geweiht hat, stellvertretend durch Christus, herabschwebend mit Engeln, die alles mitbrachten, was zur Konsekration gebraucht wird, und in der Nacht vollzog sich, was der Bischof von Konstanz erst am folgenden Tag vollziehen sollte, der konnte nur unverrichteter Dinge zum Bodensee zurückkreisen von der gottgeweihten Stätte, von der in den folgenden Jahrzehnten, Jahrhunderten Millionen von Pilgergebeten, Pilgergesängen aufsteigen sollten.

An dieser Wunderstätte verbrachte ich drei Nächte; alle Kerzen im Chorraum der Stiftskirche gelöscht nach einer mit reichem Priesteraufgebot zelebrierten Messe; ich in der Schwebe, droben auf einem Gesims, und – so hoffte, so betete, so hoffte, so betete ich – dort, wo sich Kerzen von selbst entzündet hatten, dort gehe mir ein Lichtlein auf im finsteren Kirchenraum. Ja, eine einzige, sich scheinbar selbst entzündende Kerze, sie hätte mir genügt. Dieses Zeichen, das ich erwartete, erbetete, erflehte, es wäre für mich eine consecratio gewesen am Ort der Engelweihe.

Engelweihe – das Wort greife ich auf, mache ich mir zu eigen: So viele lädierte, demolierte, so viele entweihte, geschändete Altäre sind nach dem Krieg neu konsekriert worden – warum sollte nicht auch bei mir erneute Weihe möglich werden? Nur ein Fünkchen, einen Docht hinauf- oder hinabkriechend, in der Kirchenfinsternis – bescheidene Erwartung, wo ich doch weiß, zu welchen Interventionen Du fähig warst: Einen ahnungslos dahinreitenden Saulus hast Du mit einem blitzartigen Lichtstrahl geblendet, vom Gaul geworfen, und als Paulus prallte er auf dem Boden auf. Und ich, mit solch einer Geschichte im Kopf, ich wartete nur auf ein bescheidenes Kerzenlichtzeichen im weiten, bunt ausgemalten, reich vergoldeten, üppig stuckierten, tagsüber von Weihrauchschwaden durchzogenen, von Orgelklängen und fast permanentem Glockenläuten durchschwungenen, von Bet- und Singstimmen erfüllten Raum. Angestrengt schaute ich hinab vom Gesims, von dem lebensgroße Stuckengel ihre Beine reglos baumeln lassen: kein Kerzenlichtzeichen in der Gnadenkapelle, kein Kerzenlichtzeichen im Chorraum, kein Kerzenlichtzeichen auf dem barock umjubelten Altar, ich schaute mir wahrhaftig die Augen aus in der Finsternis, jede Viertelstunde signalisierten Glockenschläge, von Mauerwerk gedämpft, die Vergeblichkeit des Wartens, des Ausharrens. Das setzte sich gnadenlos so fort bis zu der Minute, in der ich mich wieder ins leere Uhrenrund über dem Eingangs-Vestibül des Anhalter Bahnhofs versetzte, flankiert von der Allegorie des Tages und der Allegorie der Nacht.

UND WIEDER DAS PROBLEMGEMENGE! Was nach jenem März des verhinderten Attentats noch alles geschehen ist, mehr als zwei Dutzend Monate lang – nein, das nehme ich nicht auf mich! Dafür zeichnet ein anderer verantwortlich: der »Reichsmin. f. Bew. u. Mun.«

Der rühmte sich wie folgt: Wenn ich, Albert Speer, die Rüstungsindustrie nicht neu organisiert hätte, so wäre der Krieg bereits 1942/43 verloren gewesen. Ich, Albert Speer, habe die Bauzeit von U-Booten von zwölf auf zwei Monate verkürzt. Ich, Albert Speer, habe binnen Jahresfrist die Produktion von Flugzeugen von 14 000 auf 25 000 erhöht, bei gepanzerten Fahrzeugen von 140 000 auf 370 000, bei mittelschweren und schweren Kampfpanzern von 5 500 auf 12 000. Danach habe ich, Albert Speer, die Produktion sogar noch weiter gesteigert, dies zu einer Zeit, in der keiner so etwas für menschenmöglich gehalten hätte. Durch meine straffe Organisation der Kriegswirtschaft, durch die – trotz aller Bombenangriffe – fortgesetzte Steigerung der Rüstungsproduktion habe ich, Albert Speer, die Heimat letztendlich vor einem frühzeitigen Unterliegen bewahrt! Ja, das habe ich wortwörtlich so verlauten lassen: Die Heimat vor einem frühzeitigen Unterliegen bewahrt!

Mein Votum: Der Rüstungsminister hätte die Hände in den Schoß legen, hätte sich definitiv krankmelden sollen, und ich wäre nicht in die Schieflage geraten. Immer wieder die Selbstkonfrontation mit der Frage: Habe ich versagt, habe ich mich bewährt? Versagt, bewährt? Bewährt, versagt? Sanctus Thomas Doctor Angelicus schreibt, ad octavum, vom »Engel, der freiwillig vom Ziele abweicht, auf das er seiner Natur nach hingeordnet ist«. Trifft das etwa zu bei mir? Bin ich ein Schlafwandler, von Albträumen begleitet?

Der Adressat meines Rechtfertigungsberichtes bedenke: Seit Jahrzehnten, ja seit mehr als einem halben Jahrhundert werde ich von Selbstzweifeln geplagt, gequält, gepeinigt. Weder unter geistlichen Hirten noch in der kirchlichen Herde wollte rechte Dankbarkeit aufkommen für meine Eingriffe. Ja, nach dem gescheiterten Attentat im Bürgerbräu: eine alles überflutende Welle der Sympathie für Hitler, selbst in Kirchenkreisen! Und das verschaffte mir, indirekt, doch wieder einen gewissen Rückhalt.

Hingegen: Was machte Hitler aus dem Leben, dem ich über ein halbes Jahrzehnt hinweg die Zukunft offenhielt?

NOTGEDRUNGEN spiele ich wieder einmal mit dem Gedanken, Michael um ein klärendes Gespräch zu bitten, ihn, den Sieger über den Teufelsdrachen, ihn, den Krieger, der in einem intergalaktischen Raumschiff selbst schlangengleiche, aus Kabelschächten kriechende Aliens besiegen würde – mit dem Laserschwert, versteht sich –, ihn, den ewig jungen Mann der himmlischen Sondermissionen, ihn, den Thronassistenten, ihn, Gottes Vertrauten, ihn, den Vermittler, den Überbringer von Gebeten zu Gott und, vice versa, von Mitteilungen Gottes an Menschen: er könnte, er sollte eigentlich auch mal, seiner Fürsorgepflicht Genüge leistend, ein Wort für mich einlegen.

Ja, San Michele Archangelo, Archistratege Gottes, princeps aetherius, princeps ecclesiae christianae, Schutzpatron von uns Schutzengeln wie von Zinngießern und Vergoldern, von Bankangestellten und Radioexperten: mit ihm sollte ich eventuell doch mal ein ernsthaftes Gespräch führen in der gemauerten Umfassung der vormals elektrischen Uhr des Systems Hipp. Ich könnte mich aber auch, zeitweilig, in den Hohlraum der Bronzefigur der Nacht versetzen, das wallende Tuch halb über Kopf und Schulter geworfen, während die Tagesfigur aufblickend die Hand hebt: ein Michael ohne Schwert.

Iterum rugit leo – könnte er nicht doch den Gordischen Knoten durchschlagen? Beinah zwanghaft machte und mache ich mir bewusst: Ich habe Weisungen meiner Inneren Stimme befolgt, indem ich sie in Hitlers Innere Stimme transponiert habe, während entscheidender Minuten. Aber, großes Aber, immer noch, noch immer: Ist Hitlers Innere Stimme ein Reflex dessen, was Er mir souffliert hat?

Letztlich eine rhetorische Frage, denn ich erwarte, nach meinen vergeblichen Anrufungen, ernstlich keine Antwort mehr, nicht einmal durch Michael den Mittler. So setze ich den Rechenschaftsbericht fort in der vagen Hoffnung, dass mein Schriftsatz irgendwann irgendwo irgendwie seine Wirkung tun wird. Nur jetzt: keine unlösbaren Fragen mehr, zurück auf den Boden der Tatsachen!

EIN PAAR TAGE nach Hitlers Rückflug von Smolensk musste ich ein zweites Mal präsent werden als Innere

Stimme des Führers. Ich werde auch dies nicht in allen Details ausführen – »Fasse dich kurz«, so lautete damals eine Parole, ich versuche sie auch heute noch zu beherzigen.

Also nur stichwortartig: Berlin … Zeughaus … Heldengedenkfeier … Ausstellung russischer Beutewaffen, organisiert von der Abteilung Ic/AO der HGr. Mitte … Begrüßung … Das Allegro moderato aus Bruckners »gewaltiger Siebenter« … Auf dem Podium in ihren »braunen Dienstanzügen die unermüdlichen Musiker des Führers« … Begehung der Ausstellung; Göring und Himmler im Gefolge Hitlers … Oberst Rudolf-Christoph Freiherr von Gersdorff, Feindlageoffizier der HGr. Mitte, er sollte, als Organisator der Ausstellung, die Beutestücke kommentieren, dafür war im Protokoll eine halbe Stunde vorgesehen … Gersdorff mit einer Clam-Haftmine rechts in der Manteltasche, einer Mine links in der Manteltasche … In einem Moment, in dem sich ringsumher die Arme von Parteibonzen, von »Goldfasanen« zum Deutschen Gruß erhoben, machte er mit der linken Hand den Zünder scharf, eingestellt auf zehn Minuten. Hätte er, inmitten der Entourage, eine Hand auch noch in die rechte Tasche gesteckt, er wäre mehr als nur unliebsam aufgefallen, einer der SS-Leibwächter hätte ihm in den Arm fallen können … Gersdorff blieb dicht neben Hitler, während er versuchte, dessen Aufmerksamkeit auf ein rares Exponat zu lenken: Den Standartenadler der napoleonischen Armee, von Pionieren beim Brückenbau in der Beresina gefunden. Doch der Führer hörte nicht zu.

Denn: ich hatte nun die eigentliche Führung übernommen, als Innere Stimme, die in Hitler Resonanz fand. Diese Stimme, mit der ich in ihm auf ihn einredete, sie entsprach fast schwingungsgleich der sonoren Stimmlage, mit der er so viel bewirkte, rhetorisch, demagogisch. In anderer Stimmlage hätte er mich als Innere Stimme nicht erkannt, nicht anerkannt. Beides fügt sich in mir zusammen: meine ätherisch athletische Erscheinung und die sonore Stimme, die in Hitler Resonanz finden musste.

Mit Innerer Stimme nun soufflierte ich: Die sollen dir nicht schon wieder mit Napoleon kommen, schon gar nicht mit dem Kaiser im russischen Schnee, den du hasst ... Und was die russische Maschinenpistole mit der Patronentrommel betrifft, die siehst du hier wahrhaftig nicht zum ersten Mal ... Ach ja, und die vom Iwan gefeierte, vom Landser gefürchtete Ratsch-bumm-Feldartillerie, wenn auch in neuer Version: Kommentar überflüssig ... Der T 34, natürlich mal wieder – lohnt sich nicht, da überhaupt hinzuschaun, der Iwan bearbeitet nicht mal die Schweißnähte, lässt die Wülste stehn ... Wissen wir alles, wissen wir längst, Gersdorff kann sich die Mühe sparen ... Kürz die Besichtigung entschieden ab ... Verlasse das Zeughaus auf direktestem Wege!

Hitler folgte der Inneren Stimme aufs Wort, war nach zwei Minuten draußen, begrüßte protokollgemäß noch ein paar Verwundete, in ihren Invalidenwägelchen korrekt aufgereiht. Gersdorff eilte zur Toilette, zog den Zündstift aus der Haftmine.

Und ich atmete auf. Erleichterung – nicht, weil der Attentäter unentdeckt blieb, vielmehr: Ich hatte erneut den Erfolg einer präzisen Planung vereitelt – dreizehn, nur dreizehn Minuten Differenz im Bürgerbräu, acht, nur acht Minuten Differenz im Zeughaus! Eigentlich todsichere Attentate – und doch hatte ich sie vereitelt!

ODER SOLLTE DAS ETWA FALSCH GEWESEN SEIN?! Historisch nachteilig? Ich fühle mich, ja, wie zerrissen. Muss wieder eins mit mir werden, eins und einig. Allmächtiger, setz ein Zeichen! Ich muss sicher sein, dass ich in Deinem Auftrag handelte, sonst bleibe ich in der Schwebe zwischen Himmel und Erde, in der Schwebe über dem Abgrund. Habe ich mich bewährt, habe ich versagt? Habe ich meinen Auftrag richtig oder falsch verstanden? Und falls Letzteres zutrifft – werde ich womöglich strafversetzt? Werde jemandem zugewiesen, der an einem Wochenendseminar für Engelkunde, sprich: Angelologie, teilgenommen hat und daraufhin den Schutzengel ungeniert auffordert, etwas gegen Rückenschmerzen zu tun? Hoho, ich würde diese elende Person dann aber eiskalt anhauchen, rote Blutkörperchen würden kristallin, die weißen erst recht! Wie aber müsste ich erst einmal reagieren, würde ich angefordert bei der Suche nach einem Parkplatz in einer überfüllten Innenstadt, würde vor Reiseantritt dazu aufgefordert, die Autobahn von Staus freizuhalten?

Ehe mir so was widerfährt, bunkere ich mich lieber ein! Nur bloß nicht im Bunker der SS-LAH, bei erneutem Foto- oder Vermessungstermin einschwebend – dort würde selbst ein Wesen wie ich von Albträumen geplagt: SS-Mannen stampfen in mörderischem Gleichschritt auf mich zu, versuchen mich mit schwarzen Riesenschilden zu erschlagen, rammen Schildspitzen in meine körperlose Präsenz, im Traum, im Traum, im Albtraum. Wenn schon Bunker, so wüsste ich bereits, wo und wie, da hat mir Zufall den Weg gewiesen: Eine Metalltür, nie beachtet, nie registriert, stand mal bei einer Kunstausstellung offen, und ich schwebte ein in den Tiefbunker unter dem Alexanderplatz, versetzte mich, fußhoch über der hinab geschrägten Rampe schwebend, in ein erstes, ein zweites, ein drittes Tiefgeschoss. Im untersten Tiefgeschoss würde ich mich niederlassen, in Büßerhaltung zusammengekauert auf einer der gereihten Kloschüsseln, bis – trotz aller Betonfilterung – erneut ein Ruf an mich erginge, meiner Wesenheit entsprechend. Und ich könnte mir selbst wieder zum Echo werden als Innere Stimme eines akzeptablen Schützlings. Wäre das, bliebe das denkbar?

Nein, ich warte nicht auf einen Respons, will mir weitere Enttäuschungen ersparen. Auch frühere Stoßgebete liefen ins Leere. Also letztlich doch auf sanktionierte Verfahren zurückgreifen und mich – diverse Bedenken überwindend – an Michael wenden? Und vom Castel Sant' Archangelo kommt er wie gerufen zum Eingangs-Vestibül des entschwundenen Kopfbahnhofs?

Da muss ich gleich Vorbehalte anmelden! Michael wurde allzu oft herbeizitiert von ehemaligen Kirchenkreisen des Widerstands. Iterum rugit leo: der Heilige in seiner klar umrissenen Rolle eines Vorkämpfers gegen das Böse – er dürfte für meine Zwischenvaleurs kaum das rechte Verständnis aufbringen.

Mittlerweile weiß ich zur Genüge, was Resonanz in ihm findet, Reaktion bei ihm auslöst. Ein wenig salopp: Worauf er steht, worauf er schwört. Die Bußwallfahrt für Männer zur schmerzensreichen Muttergottes, Anno Domini 1934 – da wäre er am liebsten vorangeschritten mit gezücktem Schwert, schließlich war jene Wallfahrt irgendwie auch gegen Hitler gerichtet … »Christus, mein König, Dir allein schwör ich die Liebe, lilienrein bis in den Tod die Treue.« Hier dürfte Michael mit eingestimmt haben, gemeint war schließlich nicht Treue zu Hitler … Glaubensfahrten der katholischen Arbeiterbewegung, ebenfalls Anno 34 – da konnte man mit seinem Einverständnis rechnen, es schloss sich kein Bekenntnis zum Führer an, kein Treuegelöbnis zur Partei … Michael im Schulterschluss mit dem Reichsführer der katholischen Sturmscharen: »Die katholische Jugend tritt in Frontstellung gegen den Krieg. Die katholische Jugend marschiert! Wofür? Für Christi Reich und ein neues Deutschland!« So was fand Resonanz bei ihm, volle Resonanz … »Wir stehn im Kampfe und im Streit mit dieser bösen Weltenzeit, die über uns gekommen.« Ja, es wurde viel und gern gereimt in der NS-Ära, während ich mir auf das Geschehen jener Zeit noch immer keinen rechten Reim machen kann … »Die Lüge ist gar frech und schreit und hat ein Maul so höllenweit.« Hier sah jeder, der in der Bekenntnisveranstaltung dieses Lied mitsang, das weit aufgerissene Maul von Propagandaminister Dr. Goebbels – und

Michael in der Pose des Erzengels, der das Schwert in diesen Rachen stößt ... Michael in Wehr und Waffen, nicht nur in Stein gehauen am Völkerschlachtdenkmal, Michael als Vorkämpfer, Mitstreiter in vielen klerikalen Köpfen. »Heiliger Erzengel Michael, verteidige uns im Kampfe gegen die Bosheit und die Nachstellungen des Teufels, sei unser Schutz.«

Ergo: von ihm wäre, in meinem Fall, eher Widerspruch als Zuspruch zu erwarten. So sehe ich uns zuweilen schon, in verschärftem Disput, im Gehäuse der Bahnhofsuhr kreisen, ja rotieren wie in der Trommel einer Waschmaschine, mal im Uhrzeigersinn, mal gegenläufig, dies abwechselnd in den Programmphasen: Schonen ... Schonschleudern ... Schleudern ...

NEUER ANSATZ! Ich stelle mir die Frage beziehungsweise stelle mich der Frage: Muss ich nicht ein Fünkchen Seines Lichtes in mir tragen, damit ich den Glanz, wenigstens einen Abglanz, einen Reflex Seines Lichtes sehen kann? Muss ich nicht ein Wörtlein der Gottessprache in mir tragen, damit ich Sein Wort vernehmen kann? Liegt es womöglich an mir, allein an mir, dass ich unter höchstem Aspekt lichtblind und worttaub geworden bin? War ich Adolf Hitler zu nah gekommen, zu nah geblieben? Habe damit Lichtreflex und Wortecho aufs Spiel gesetzt? Fragen, Fragen, Fragen: fliegen wie Bumerangs fort und gleich wieder zu mir zurück.

Also: Ist mir geraubt worden, oder habe ich mir nehmen lassen? Zu viele Waffendetails zur Kenntnis genom-

men von Pak und Flak, Dreikommasieben und Achtkommaacht, von MG und SMG, von Me 109 und He
111? Zuweilen, ja, so etwas wie Stolz: Einen Schutzengel,
der eine Me 109 von einer He 111 unterscheiden kann,
so was hat es wohl nie zuvor gegeben! Habe ich mich
besäuseln oder gar betäuben lassen im jeweiligen FHQu?
Wörter und Kürzel der Militärsprache inhaliert und die
Resonanz auf das Wort der Worte verloren?

Bei Lagebesprechungen (Mittagslage, Führerlage)
musste ich aber doch anwesend sein, über dem meter-
langen Kartentisch schwebend, schließlich hätte – rein
theoretisch – ein ranghoher Offizier seine Dienstwaffe
ziehen und auf den Führer richten können mit dem Aufschrei: Jetzt reicht es aber! Vorgestern haben Ihre Fehl-
entscheidungen 8 000 Mann gefordert, fast eine Division,
gestern, nach ersten Meldungen, zwei Brigaden, was Sie
heute befehlen, das würde, das wird erneut Tausende junger Männer das Leben kosten, sinnlos verheizt, sinnlos
verheizt, also Feuer frei! Und ich, notgedrungen knapp:
Geh in Deckung, Adolf, volle Deckung!?

So blieb ich in der Schwebe über der Tischplatte, von
der eine Karte nach der anderen entfernt wurde – die
Afrikakarte eingerollt … die Skandinavienkarte eingerollt … die Balkankarte eingerollt … die Frankreichkarte
eingerollt … und zuletzt war da nur eine Deutschland-
karte ausgebreitet, zu allerletzt der Stadtplan von Berlin,
zum Schluss der Kartenausschnitt Regierungsviertel, von
dem alles ausging, in dem alles endete.

NOCH EINMAL, Bumerang, Bumerang: Bin ich Hitler zu nah gekommen, zu nah gewesen?

Habe ich mich nach den »Führerlagen« einlullen lassen von Hitlers Monologen über Spitzwegsammlung und ungarische Mädel, Schuhplattler und englische Gouvernanten, Gesellschaftstanz und Fahrpreisermäßigung? Wenn er nicht Reden hielt, wenn er andere nicht nachdrücklich eines Besseren belehrte, wenn er nicht Befehle erteilte, kam es zu Phasen einer geradezu peinlich wirkenden Erschlaffung, in denen er Tortenstücke mampfte, den Mund auch sonst reichlich voll nahm. Und ich lungerte in der Luft umher – Präsenzpflicht rund um die Uhr!

Vor allem in den Abendstunden, speziell in den Nachtstunden, wenn er vor sich hin monologisierte, abgeschlafft im dicken Sessel des kleinen Halbkreises vor dem Kamin mit dem schier tausendjährigen Feuerchen, da stellte Adolf Fragen, die man sich nie gestellt, überraschte mit Antworten, vor denen man sonst ausgewichen war. »Woher kommt es denn, dass der Mensch den Schrei des Käuzchens nicht liebt?«, fragte er. »Das muss doch einen Grund haben!«, rief er halblaut. »Im Urwald muss ja ein furchtbares Gebrüll sein.« Und gleich darauf: Fleischfresser kontra Pflanzenfresser, Fleischfresser im Tierreich sind Pflanzenfressern weit unterlegen, ein fleischfressender Löwe kann keine Viertelstunde im Trab laufen, ein pflanzenfressender Elefant hingegen acht Stunden; auch die Affen, unsre Verwandten aus der Vorzeit, sind reine Pflanzenfresser; japanische Ringer, die ja zu den stärksten Menschen überhaupt gehören, sie essen nur

Pflanzenkost, auch türkische Lastträger, von denen jeder ein Klavier heben kann!

So redete, redete er, ich wurde vom Redeschwall gleichsam unterspült, fühlte mich auf Seite geworfen, an den Rand des Geschehens geschleudert. Manchmal hätte ich ihn, im Rahmen meines vorgegebenen Wortschatzes, geradezu verfluchen können. Doch ich ließ mich nur zum Stoßgebet hinreißen, der Adolf möge sich lieber noch einen Film vorführen lassen mit Marika Rökk oder Heinz Rühmann; stattdessen musste ich mir zuweilen Musik anhören, die nun wirklich nicht in den Kanon der neun Chöre passt: Tristan-Vorspiel und Liebestod! Kaum war die Nadel abgehoben, der Tonkopf beigeschwenkt, setzte der Adolf wieder an: Das liebende Weib … der Haushalt der Natur … das Frauliche … als Wagner tot war, hat Cosima nur noch Schwarz getragen, und es war ihr letzter Wille, dass ihre Asche auf seinem Grab ausgestreut wird, aber daran hat man sich nicht gehalten. So redete, redete, redete er, Kanzleileiter Bormann machte sich Notizen: Ah, wie anstrengend ist das Abnehmen von Paraden, dieses stundenlange Stehen auf Podest oder Tribüne, man kann sich keinen Begriff davon machen, wie qualvoll es ist, endlos mit durchgedrückten Knien dastehen, mit ausgestrecktem Arm grüßen zu müssen, alle Männer schauen zu ihm auf, jedem muss er ins Auge blicken, dies in Zwölferreihen und über Stunden hinweg, wenn es wenigstens Sechzehnerreihen wären, dann könnte die Parade statt fünf nur vier Stunden dauern.

Ich hätte eigentlich dagegensetzen müssen: »Der Bannerträger, der heilige Michael, führe die Toten [all diese Toten!] ins ewige Licht.« Hätte rezitieren müssen: »Sed signifer sanctus M. repraesentat eas in lucem sanctam ... sed signifer sanctus M. ... sed signifer ... sed signi-!« Wieso habe ich hingenommen, dass die Quelle des Gott, dem Herrn, wohlgefälligen lateinischen Wortes mit Sprachgeröll zugeschüttet wurde? Und das Fünkchen erstickt, das Wörtlein erdrückt?

Und es stellt sich ein Gedanke ein, ja, drängt sich geradezu auf: Vielleicht lässt sich in entscheidender, in existentieller Hinsicht doch nicht klar aufteilen, abgrenzen: ein Flügel engelweiß, der andre schutzstaffelschwarz – womöglich hat sich (weil ich als Lichtgestalt etwas zu lang neben der finsteren Erscheinung verharrte) Schutzengelweiß vermischt mit Schutzstaffelschwarz, und ich darf mich nur noch als grauen Schatten meiner selbst wahrnehmen?

WIEDER UND WEITER DIE DAUERFRAGE: Was mochte es letztlich auf sich haben mit meiner Mission? Woher ist der Auftrag an mich ergangen? Bis zur Klärung des Sachverhalts bleibe ich Fehldeutungen ausgesetzt! So hieß es in Kreisen der Opposition, es könne nicht mit rechten Dingen zugehen, wenn ausgerechnet ein Hitler »so viel Schwein hat«, und jedes, aber auch wirklich jedes der sorgfältig vorbereiteten Attentate scheitert so knapp, so knapp, so unvorstellbar knapp. Unter den (wenigen) konspirativen Offizieren, den (wenigen) oppositionellen

Zivilisten hatte sich denn jener Gedanke verbreitet, festgesetzt, Hitler stehe unter dem besonderen Schutz höllischer Mächte.

Auch in klerikalen Zirkeln, sogar unter ranghohen Vertretern der Una Sancta: ein Gedanke, an den man sich leider zu gewöhnen begann. Domkapitular, Generalvikar, Weihbischof Eberle hatte an Teufelsaustreibung gedacht bei einem Gespräch mit Hitler, doch es gelang ihm nicht, den Führer insgeheim vom Dämon zu befreien.

Entschieden ernsthafter der Versuch im Vatikan. Papst Pius war felsenfest davon überzeugt, Hitler sei vom Teufel besessen, und weil er nicht direkt an den Führer herankam, versuchte es Pius mit telepathischer Austreibung, obwohl so etwas im Rituale Romanum nicht vorgesehen ist. Pius setzte sich darüber hinweg, beschwor von Rom aus den Teufel in Berlin, aus Hitler herauszufahren – der Versuch misslang.

Mich brachte die Exorzierung in Verlegenheit – sollte ich die vom Stellvertreter Gottes auf Erden versuchte Austreibung so deuten, dass ich eventuell oder womöglich – kurzum, handelte ich gegen die höhere Einsicht des Papstes, dessen Unfehlbarkeit Dogma ist? Dem seine Innere Stimme befohlen hatte, es mit einer Teufelsaustreibung zu versuchen?

Erneut eine Pflichtübung: Ich rufe mir in Erinnerung, wie viele Gotteshäuser, allein schon Gotteshäuser beschädigt, ja zerstört wurden in der Zeit nach der Verhinderung der eigentlich todsicheren Sprengung der Führermaschine über Russland und dem denkbar knapp verhinderten Attentat im Berliner Zeughaus.

Halberstadt, nimm allein Halberstadt, sage ich mir, führe ich mir vor Augen: Der Dom St. Stephanus und Sixtus, ab 13. Jahrhundert, im April 45 durch Luftangriff stark beschädigt, zwölf Bombentreffer im Dombezirk, sieben in der Kirche; Chordach, Querschiffsdach restlos zerstört; im Chorgewölbe ein Loch von 80 Quadratmetern ... Liebfrauenkirche, ab 12. Jahrhundert: stark beschädigt, Chorgewölbe, Ostgiebel und Mauerwerk der Apsis zerstört, Kirchendach abgedeckt, Nordwestturm schwer angeschlagen ... Paulskirche, ab 11. Jahrhundert: durch Brand bis auf die Umfassungsmauern zerstört ... Martinikirche, ab 12. Jahrhundert: durch Brandbomben, dazu noch von einer Sprengbombe getroffen, die Dächer von Hauptschiff und Chor zerstört, Turmhauben abgebrannt, Glockenstühle vernichtet ... Franziskaner-Klosterkirche St. Andreas, ab 14. Jahrhundert: bis auf die Umfassungsmauern abgebrannt ... Ein Gotteshaus nach dem anderen: in Schutt und Asche gelegt während des fortgesetzten Wirkens von Hitler; um an der Macht zu bleiben, nahm er in Kauf, dass sein Land der eskalierenden Bombardierung schutzlos ausgeliefert blieb.

Zu den Gotteshäusern die Patres, die Priester, die mutigen Laien: bedroht, bestraft, inhaftiert, gefoltert, ermordet. Das aber habe ich bereits angedeutet, ich breche ab.

ZWEIFEL, FRAGEN, Zweifel, Fragen – zeitweilig nahm all das überhand, wuchs mir über den Kopf! Und doch, und doch, ich fand gelegentlich so etwas wie Zuspruch durch Männer der Una Sancta, die mir – wenn auch nur indirekt – recht gaben: Adolf Hitler muss uns erhalten bleiben, in Gottes Namen … Ich berufe mich auf den Benediktiner-Abt Schachleitner, sodann auf Klotz, den Erzabt von St. Peter in Salzburg, des Weiteren auf Landersdorfer, Abt von Kloster Scheyern: Indem sie für Hitler beteten, haben sie mich – letztlich unbewusst – in ihre Fürbitte eingeschlossen.

Und doch, und doch – ich fühle mich nicht gänzlich freigesprochen, nicht völlig entlastet, zu groß, zu stark die Irritationen! Wie sollte, wie soll ich etwa damit umgehen, dass mein Widersacher Stauffenberg unter der Uniform ein goldenes Kreuz trug, dass er über Fragen der Liturgie diskutiert, ja sich, im Gespräch mit anderen, Gedanken gemacht hatte zur Gestaltung des Abendmahlsgottesdienstes?

HIER NUN ALSO: Claus Schenk Graf von Stauffenberg im Führerhauptquartier Rastenburg. Ich gehe nur auf zwei Punkte ein.

Erstens: zu den Begleitumständen. Die Lagebesprechung fand, infolge Bauarbeiten am Hitlerbunker (die Decke musste auf sieben Meter verstärkt werden), in der sogenannten Speer-Baracke statt; seit der Rüstungsminister dort nicht mehr arbeitete, wurde der von Zwischenwänden befreite Raum für Konferenzen genutzt. Mehrere Fenster – so konnte sich Explosionsdruck leicht freisetzen.

117

Zweitens: zum Ablauf. Oberst Stauffenberg mit zwei Packen Plastiksprengstoff im Sperrkreis 1a des Führerhauptquartiers. Bereits fünf Tage zuvor war er zu einer »Sonderbesprechung« ins FHQu zitiert worden, gemeinsam mit Gen.Oberst Friedrich Fromm. Sie erstatteten Bericht über Vorbereitungen zu der von Hitler geforderten Aufstellung von 15 neuen Truppenverbänden, die als »Sperrdivisionen« das Eindringen der Sowjetarmee in das Reichsgebiet verhindern sollten. Der Sachstandsbericht musste von Stauffenberg am 20. Juli ergänzt werden, im Anschluss an die »Mittagslage«, an der er bereits teilnehmen sollte.

Kleine Vorbesprechung in der Amtsbaracke von Gen.Feldm. Keitel, dem Chef des OKW/WFSt. Hitlers Diener, zugleich mittelhoher Dienstgrad der SS, mahnte telefonisch Pünktlichkeit an: Die Lagebesprechung war eine halbe Stunde früher angesetzt als üblich – nachmittags sollte der (mittlerweile entmachtete) Duce eintreffen; Hitler wollte Mussolini am kleinen Bahnhof vor dem Sperrbezirk abholen. Nun kam Hektik auf.

Stauffenberg bat Keitel, sich kurz zurückziehen zu dürfen: er wolle das Hemd wechseln – ein schwüler Tag. Stauffenberg wurde ein Baracken-Schlafzimmer zugewiesen. Der Oberst eilte dorthin mit seinem Adjutanten, Werner von Haeften. Der hob, zwischen Bett und Tür, aus Stauffenbergs Aktentasche zwei Quader in Packpapier heraus, jeweils knapp ein Kilo schwer: Hexonit, ein Plastiksprengstoff aus mittlerweile deutscher Produktion nach englischer Rezeptur. Stauffenberg – das linke Auge beim Jabo-Beschuss in Afrika eingebüßt, die rechte Hand amputiert, die linke Hand ohne Ringfinger und kleinen Finger – er war auf Hilfestellung angewiesen. So hielt der Adjutant den ersten Plastikpacken fest, in dem bereits zwei Initialzündkörper und ein (englischer) Zeitzündstift steckten – nach der verhinderten Explosion in der Führermaschine über Weißrussland wollte Stauffenberg die Zündsicherheit erhöht wissen. Mit einer speziell zurechtgeformten Flachzange drückte er die Metallkapseln der Zünder zusammen, die Glasampullen zerbrachen, Säure begann die Spanndrähte zum Zündbolzen, Schlagbolzen anzufressen. Die scharfgemachte Ladung wurde sogleich in die Aktentasche gesteckt. Obwohl die Explosion des ersten Quaders auch die des zweiten ausgelöst hätte, wollte Stauffenberg ganz sicher gehen und die Initialzündkörper scharfmachen, doch da platzte ein Feldwebel herein, die Tür versehentlich in Stauffenbergs Rücken stoßend: Ein Anruf für den Herrn Oberst, dringend, außerdem, der Herr Generalfeldmarschall werde sich gleich zur Lagebaracke begeben. Eisiger Schrecken, der Stauffenberg und Haeften beim Auffliegen der Tür durchzuckte – dem Feldwebel könnte etwas aufgefallen sein, er könnte Verdacht geschöpft haben: Hantieren an unbekanntem, damit verdächtigem Objekt …!

Entscheidender Moment! Die Tür zum Flur wurde nicht wieder ins Schloss gezogen, Haeften stand da mit dem zweiten Sprengstoffziegel in den Händen, Stauffenberg mit der Flachzange im Griff, bereits angesetzt zum Zerdrücken von Kupferhülse und Säureampulle, doch im

Nacken, wahrhaftig im Nacken die Angst: Erstattet der Feldwebel Meldung?!

Mit Innerer Stimme hätte ich in diesem Durcheinander nichts bewirken können, eine Innere Stimme kann sich nicht wie Pfingstfeuer auf mehrere Köpfe verteilen (»ausgießen«), und so blieb in dieser Situation nur wieder: Anhauch ... eisiger Anhauch – vom Attentäter empfunden als Nachwirkung des eisigen Schreckens? Jedenfalls: Eishauch ... das Metall der Flachzange jäh wie vereist ... kurze Kältestarre, Muskelstarre der verstümmelten Hand ... Stauffenberg stieß hervor, halblaut, was ich nicht genau verstehen konnte, es klang wie: Reicht jetzt!, oder: Eilt jetzt! Er klappte die Aktentasche zu, ließ Haeften mit dem Hexonit-Quader zurück, samt Initialzündkörpern, Zeitzündstift.

Stauffenberg schloss sich dem bereits ungeduldigen, beinah ungehaltenen Keitel an auf dem Weg hinüber zur wenige hundert Meter entfernten Lagebaracke. Haeften steckte den nicht mehr scharfgemachten zweiten Sprengstoffpacken in seine Aktentasche, verließ die Baracke, orderte über die Adjutantur einen Wagen an, der Fahrer solle sich in Bereitschaft halten für die Rückkehr zum Feldflugplatz: Mit einer schnellen Heinkel-Maschine sollte Stauffenberg nach Berlin zurückkehren, um die »Operation Walküre« zu leiten, den getarnten Staatsstreich, der freilich Hitlers Tod voraussetzte.

Ich kann mich nicht rühmen, alle Abläufe in der Lagebaracke präzis vergegenwärtigen zu können, es herrschte einiges Durcheinander, auch war Zufall mit im Spiel.

Vor weit geöffneten Fenstern der sechs bis acht Meter lange Kartentisch: massive Eichenholzplatte auf drei kräftigen Tischböcken. Die Fläche dicht umlagert, insgesamt etwa zwanzig Personen, rechts und links vom Führer, Schulter an Schulter auf der Seite gegenüber; Stauffenberg kann die Tasche erst am Ende des Kartentischs abstellen; Oberstleutnant Heinz Brandt, Erster Offizier der Op. Abt. des OKW, rückt ein wenig nach links, die Aktentasche lässt sich nur außen, rechts, an den Tischbock lehnen. Stauffenberg verlässt gleich wieder, ein dienstliches Telefongespräch vortäuschend, die Baracke.

Nun war der Moment gekommen, als Innere Stimme auf Hitler einzuwirken: Zeig Interesse … Demonstriere, dass du es genau nimmst – du hast eben noch etwas unwirsch erklärt, der Vorstoß sowjetischer Truppen bei Lemberg ließe sich auffangen, massierte Kräfte aus dem Generalgouvernement würden den Fronteinbruch beseitigen … Schau dir nun ein bisschen genauer den Verlauf der HKL an im Bereich der Heeresgruppe Nord … Setz die Brille auf, beug dich noch weiter vor, stütz den Ellbogen auf und das Kinn auf den Handballen: Die Narwa … der Peipussee … die Heeresgruppe Nord musste den Flügel hinter diese Linie zurücknehmen, sie hält aber Pleskau, Pskow, soll von dort aus der Roten Armee den Einbruch nach Lettland und Estland verwehren … Pleskau, wo liegt denn dieses Pleskau, beug dich noch weiter vor, ja, und den Kopf etwas tief-«

Die Explosion! Und, wie vorauszusehen: Der leichte Barackenbau mit den offenstehenden Fenstern leistete der Druckwelle nur geringen Widerstand. Dennoch vier Schwerverletzte am Tischende rechts, sie erlagen bald darauf ihren Verwundungen, unter ihnen Oberstleutnant Brandt. Hingegen Hitler: lediglich ein Bluterguss am Ellbogen rechts, die Hose in Streifen, Holzsplitter in den Waden; er wurde hinausgeleitet, verarztet, zog sich um, zeigte sich bald darauf der erleichterten Gefolgschaft.

Auch diesmal, meinerseits, minimale Eingriffe: Eisiger Anhauch ... Einwirkung über die Innere Stimme ... Alles im Format einer Fußnote, und doch historische Auswirkungen, die Bände füllen. Darüber dachte ich freilich nicht weiter nach, der Stätte meiner Intervention entschwebend. Am späten Abend im Großdeutschen Rundfunk die kurze Ansprache Hitlers: Wieder einmal sah er sich von der Vorsehung gerettet.

(Die Vorsehung ...! Zwischendurch muss ich das Wort doch mal wieder einfügen in den Kontext, aus dem es gelöst wurde, schließlich hat der heilige Thomas erklärt, ad nonum: »Alles wird von Gottes Vorsehung geleitet.« Und weiter, im Kompendium der Theologie: »Also muss sich Sein Vorsehungsplan bis auf die letzten und kleinsten Ereignisse erstrecken.«)

AUCH IM RUNDFUNK, IN DER PRESSE: Das Scheitern des Attentats als Antwort der Vorsehung auf die Verletzung des göttlichen Gebots ... Die Vorsehung habe den Führer gerettet ... Und der Volksmund, in München: »Eine Mordsschweinerei, dem Führer derartig in den Rücken zu fallen ...« Im Funk wie in der Presse: Der Führer von Gottes Hand beschützt … Die große Sendung des Führers … Und der Volksmund, in Frankfurt: »Gott sei Dank, dass der Führer lebt …« Im Funk wie in der Presse: Der Allmächtige habe Adolf Hitler die Aufgabe der Führung weiter anvertraut … Jeder Deutsche sei nunmehr verpflichtet, hinter den von Gott geretteten Führer zu treten.« Und der Volksmund, in Hamburg: »Der Adolf steht unter dem Schutz einer höheren Macht …«

Sogar in mancher Diskussionsrunde des Widerstands setzte Umdenken ein: »Gott hat nicht gewollt, dass Deutschlands Bestand mit einer Bluttat erkauft wird, er hat dem Führer die Aufgabe weiter anvertraut.« Einer der Sätze, die sich mir einprägten. Was auch für den folgenden Satz gilt: »Ich habe in meinem ganzen Leben die Auffassung vertreten, dass politische Attentate verabscheuungswürdig sind und keine Grundlage für eine solide politische Basis bilden können.« Weitere Formulierungen, die mich seither begleiten: »Eine Aktion, die mit einem Attentat beginnt, kann keinen Segen bringen … Man muss die Dinge ausreifen lassen.«

Ja, allenthalben wurden himmlische Mächte ins Spiel gebracht, leider ohne die schlichteste aller Erklärungen: das Wirken eines Schutzengels. Hier sollte endlich einmal die rechte Zuschreibung erfolgen! Schließlich habe ich viermal verhindert, dass Hitlers Leben und Wirken gewaltsam verkürzt wurde: zweimal die Verschiebung im Zeitplan um wenige Minuten, zweimal ein kurzer Anhauch, Eishauch. Das genügte.

ICH KANN MIR SCHON DENKEN, was Michael mir entgegenhalten, ja entgegenschleudern würde: Zwischen Juli 44 und Mai 45 wurden so viele Städte zerstört wie im halben Kriegsjahrzehnt zuvor! Zwischen dem nicht ganz zufälligen Scheitern des Attentats und der Kapitulation starben, verreckten so viele Menschen wie in den vorangegangenen sechs Kriegsjahren! Und das alles nur, weil ein Kilo Sprengstoff hektisch in die falsche Aktentasche gesteckt wurde – noch nie war ein Kilo Materie von derartigem Gewicht für die Historie!

Ich würde Michael die Antwort nicht schuldig bleiben: Du überschätzt meinen Stellenwert, und zwar gewaltig! Die von mir begleiteten Attentatsversuche wären in den Folgeaktionen, in der jeweiligen Durchführung des Staatsstreichs ohnehin gescheitert! Jedes Mal zu wenig Personen, die von den Verschwörern ins Vertrauen gezogen werden konnten, und damit: zu wenig Helfer mit Machtbefugnis, Machtfülle. Kurzum: Mit den paar Männern des Widerstands war kein neuer Staat zu machen.

RECHT ENTSPANNT saß ich zuletzt auf der Betonspitze des Belüftungsturms über dem Führerbunker. Unter mehreren Metern Stahlbeton war Hitler sicher vor Anschlägen und Einschlägen; was nun geschah, was nun noch geschehen konnte, es betraf mich nicht mehr. Vor Attentaten hatte ich ihn schützen können, nicht aber vor sich selbst.

Vor mir die verwüsteten Ministergärten, hinter mir die Reichskanzlei als Ruine. Kein Artilleriedröhnen mehr, kein Jaulen von Stalinorgeln – die Rote Armee hätte sich im mittlerweile sehr engen Durchmesser des Belagerungsringes sonst selbst beschossen. Auch kein Rauschen mehr des Gebläses unter mir, kein Grummeln des Stromgenerators. Durch den Belüftungsschacht vernahm ich: Stille im Bunker. Dann jedoch eine Stimme, dumpf: »Hier Adjutantur Zitadelle; ist der Iwan schon bei euch aufgetaucht?« Sondierungstelefonat zur Lageerkundung? Unartikulierter Laut des Erschreckens. »Du Russe …? Sowjetoffizier …? Haus an Landwehrka-«

Ein Schuss, tief unten, *der* Schuss. Der Telefonist, mit heiserem Aufschrei: »Hitler kaputt!«

Da hob ich ab.

Auf Hitler folgt Rommel

HENNING VON TRESCKOW! Geburt kurz nach der Jahr-
hundertwende in Magdeburg; die Mutter eine Grafen-
tochter, der Vater erst Offizier, dann Landwirt; als Fami-
liensitz ein Gutshaus bei Wartenberg in der Neumark,
dennoch karger Lebensstil, Sparsamkeit war geboten.
Schulzeit in Goslar. Der inszenierte Beginn des Ersten
Weltkriegs machte auch Henning und seinen Bruder zu
enthusiastischen Patrioten; Notabitur Mitte 1917,
Grundausbildung des 16-Jährigen im »Ersten Garderegi-
ment zu Fuß«, Potsdam; als Offiziersanwärter im Okto-
ber nach Reims versetzt, anschließend nach Döberitz bei
Berlin, Ausbildung zum Fahnenjunker; Mitte 1918 kam
er, sehnlichst erwünscht, an die Front, als Zugführer einer Maschinengewehr-Kompanie, Einsätze an der Maas,
in der Champagne, in den Argonnen. Das Eiserne Kreuz.
    Kapitulation; Rückkehr des Regiments nach Potsdam,
es wurde aufgelöst. Doch Henning von Tresckow blieb
Offizier der Reichswehr; mit dem neuformierten »Regiment Potsdam« wurde auch er eingesetzt im Kampf gegen die »Roten«, die Spartakisten, vor allem beim Sturm
auf die Redaktion der Zeitung »Vorwärts«.
    Durch den Versailler Friedensvertrag war die Reichs-
wehr drastisch reduziert worden, Tresckow sah hier kei-

ne Zukunft mehr, begann mit dem Studium der Rechts-
wissenschaft, der Staatstheorie, fand 1923 eine Anstellung
im Bankhaus Wilhelm Kann, Potsdam; als Börsenmakler
vermehrte er das Kapital der Bank, erwarb sich ein Ver-
mögen. Schon im folgenden Jahr unternahm er eine Welt-
reise, gemeinsam mit Oberleutnant Kurt Hesse. Die Reise führte nach London, von dort ins frühere Feindesland
Frankreich, sicherheitshalber gaben sich die Touristen als
Briten aus; Besichtigung vormaliger Schlachtfelder. Wei-
terreise nach Spanien, Portugal; von Lissabon nach Rio
de Janeiro. Mehrere Reisestationen in Südamerika; be-
schleunigte Rückreise sodann über Nordamerika: er
wurde in Wartenberg dringend gebraucht. Sanierung,
auch finanziell, des Landsitzes der Familie. Rückkehr in
die Reichswehr. Standesgemäße Heirat. Rasch wurde er,
im Rang eines Leutnants, Zugführer einer Kompanie.

Er war bei der Truppe beliebt; überharten preußischen
Drill lehnte er ab, setzte in der Ausbildung den Akzent
eher auf Sport. Für ihn selbst: Erholung und zugleich
Schärfung taktischen Denkens beim Schachspiel. Erwei-
terung des Horizonts durch Lektüre; seine literarischen
Favoriten: Hans Carossa und Ernst Wiechert; als literari-
scher Hausgott: Matthias Claudius; ihn konnte er aus-
führlich zitieren, rezitieren. Wanderungen, Radtouren;
das Waidwerk.

Er blieb Offizier auch nach der Machtübernahme der
NSDAP. Tresckow war fürs Erste von Hitler begeistert:
Der »Führer« versprach, das nationale Trauma von Ver-
sailles zu überwinden, die Reichswehr entgegen allen Ver-

boten und Verträgen wieder auszubauen. Am »Tag von Potsdam« nahm Tresckow teil an der Parade vor Hitler, vor Hindenburg, vor Ehrengästen des In- und Auslandes. Beförderung zum Hauptmann; Offizierslehrgänge in Berlin; Ausbildung zum Generalstabsoffizier; erste Kontakte mit dem systemkritischen Artilleriegeneral Ludwig Beck. September 1936: Versetzung in den Generalstab des Reichskriegsministeriums. Als erste Aufgabe: Ausarbeitung eines Aufmarschplanes gegen die Tschechoslowakei. Zugleich warnte Tresckow, vorerst intern, vor Konsequenzen des geplanten Feldzugs: das Bündnis mit Frankreich könnte zum Zweifrontenkrieg führen; die französische Armee galt als überaus schlagkräftig.

AUCH TRESCKOW sah sich bald schon konfrontiert mit Hitlers Strategie der Aggression. Aus »Weisungen« des »Führers« im Jahre 1938: »Hat Deutschland seine volle Kriegsbereitschaft auf allen Gebieten erreicht, so wird die militärische Voraussetzung geschaffen sein, einen Angriffskrieg gegen die Tschechoslowakei zu führen … Es ist mein unabänderlicher Entschluss, die Tschechoslowakei in absehbarer Zeit durch eine militärische Aktion zu zerschlagen.«

Alarmierende Formulierungen auch in »Geheimen Kommandosachen«: »Ich bin entschlossen … überfallartiger Angriff … durchschlagender Erfolg muss gewährleistet sein … mein Befehl … Kriegseröffnung … die notwendigen Weisungen für die Führung des Krieges selbst werde ich von Fall zu Fall geben.«

Ludwig Beck plädierte für einen geschlossenen Rücktritt der Generalität, ja, man müsse den Diktator und Kriegstreiber Hitler verhaften und vor Gericht stellen. Das fand Resonanz bei Tresckow.

Die Münchner Konferenz jedoch ließ Prag kampflos kapitulieren. Damit gab sich Hitler nicht zufrieden; Tresckow: »Hitler macht Krieg.« Der »überfallartige Angriff« auf Polen. Auch Tresckow war beteiligt an den Kampfhandlungen; Auszeichnung mit dem Eisernen Kreuz. Aufnahme in die Führungsabteilung der Heeresgruppe B. Auch hier: mehrheitliche Ablehnung eines Feldzugs gegen das hochgerüstete Frankreich; hingegen war die Ausstattung der Wehrmacht mit schweren Waffen, vor allem mit Munition noch mangelhaft. Tresckow schätzte die Lage wie folgt ein: Das Produktionsvolumen der Rüstungswirtschaft wird für einen längeren Krieg nicht ausreichen; einen Zweifrontenkrieg kann das Reich nicht gewinnen, so bleibt letztlich nur eines: Friedenspolitik.

Im »Entwurf einer strategischen Weisung« fiel jedoch Juni 1938 das Stichwort: »Vorarbeit für zukünftige Kriegsmöglichkeiten im Westen.« Daraufhin wurde in einem engeren Kreis der Heeresführung ein Militärputsch gegen Hitler erwogen, ja geplant. Tresckow versuchte zudem, auf Rudolf Schmundt einzuwirken, Hitlers Chefadjutanten: Tresckow führte ihm vor, im Gelände, wie motorisierte Kriegsführung allein schon durch Schlammbildung behindert werden kann. Überraschend erfolgreich war dann aber der Feldzug in Frankreich. Reichsweit wurde Hitler als Feldherr bejubelt; der Begeisterung konnte sich auch Tresckow nicht entziehen.

Bedenken, Entsetzen wiederum angesichts Hitlers blindwütiger Entschlossenheit zum »überfallartigen Angriff« auf die Sowjetunion: Der wieder einmal »unabänderliche« Entschluss zum Krieg, den Hitler dezidiert als *seinen* Krieg bezeichnete und rigoros durchsetzte gegen mündlich vorgetragene Bedenken, gegen vorgelegte Denkschriften. Wachsende Opposition im Generalstab der Heeresgruppe Mitte, zu der mittlerweile Oberst von Tresckow gehörte. Intensivierung der Planungen eines Attentats, eines Staatsstreichs durch das Militär – vor allem nach dem Führer-Erlass erstens zur Liquidierung russischer »Kommissare«, zweitens zu »kollektiven Gegenmaßnahmen« bei Widerstand aus der Bevölkerung, drittens zur Duldung jeglicher Form des Übergriffs durch Soldaten der Wehrmacht: »Für Handlungen, die Angehörige der Wehrmacht und des Gefolges gegen feindliche Zivilpersonen begehen, besteht kein Verfolgungszwang.« Dies galt auch für Massenmorde durch SS-Einsatzgruppen, vor allem an Juden. Tresckow versuchte, seinen Onkel, Generalfeldmarschall von Bock, zur Intervention zu motivieren; sie müsse, wenn nötig, mit »Waffengewalt« erfolgen: »Schreiten wir unnachsichtig ein, wird es Schule machen.« Es blieb beim Appell.

Auf Wiesen am Dnjepr, in Wäldern bei Smolensk probierte Tresckow den Einsatz erbeuteter englischer Clam-Haftminen aus: Plastiksprengstoff mit zuvor unerreichter Wirkung. Gemeinsam mit befreundeten Offizieren entwickelte er sodann Szenarien eines Attentats auf Hitler bei einem Besuch der Heeresgruppe Mitte. »Die Welt muss vom größten Verbrecher aller Zeiten befreit werden.« Und: »Das Attentat muss erfolgen, coûte que coûte. Es kommt nicht mehr auf den praktischen Zweck an, sondern darauf, dass die deutsche Widerstandsbewegung vor der Welt und vor der Geschichte den entscheidenden Wurf gewagt hat. Alles andere ist daneben gleichgültig.« Weiter: »Ich halte Hitler nicht nur für den Erzfeind Deutschlands, sondern auch für den Erzfeind der Welt. Wenn ich vor den Richterstuhl Gottes treten werde, um Rechenschaft abzulegen über mein Tun und Unterlassen, so glaube ich mit gutem Gewissen das vertreten zu können, was ich getan habe. Wenn einst Gott Abraham verheißen hat, er werde Sodom nicht verderben, wenn auch nur zehn Gerechte darin seien, so hoffe ich, dass Gott auch Deutschland um unsertwillen nicht vernichten wird.«

Allerdings musste Hitler erst einmal angelockt werden. Tresckow nutzte dazu die Verbindung zu Hitlers Chefadjutanten; Schmundt unterbreitete Hitler den Vorschlag, nach dem Aufenthalt in Winniza den Rückflug in Smolensk zu unterbrechen für einen Besuch im Hauptquartier der Heeresgruppe Mitte: Generalfeldmarschall von Kluge hege Bedenken gegen den Plan der Frühsommeroffensive bei Kursk (»Unternehmen Zitadelle«), allein der Führer könne ihn eines Besseren belehren.

DER BESUCH erfolgte auch hier unter strengsten Sicherheitsvorkehrungen. Es flogen drei Condor FW 200 ein,

132

begleitet von Jagdflugzeugen Me 109. Welche der vier-
motorigen Maschinen Hitler benutzte, war erst kurz vor
dem Start entschieden worden. Auch wurde der genaue
Zeitpunkt der Ankunft auf dem Feldflugplatz vorsätzlich
falsch angegeben. (Hitler, im Jahr zuvor: Gegen einen
idealistisch gesinnten Attentäter, der für seinen Plan
rücksichtslos sein Leben aufs Spiel setze, sei kein Kraut
gewachsen; es sei ihm darum vollkommen verständlich,
weshalb 90 Prozent der historischen Attentate gelungen
seien; das Einzige, was man vorbeugend tun könne, sei:
unregelmäßig zu leben und Spaziergänge, Autofahrten
und Reisen völlig unregelmäßig durchzuführen.)

Weitere Vorsichtsmaßnahme: Das Führer-Begleitkom-
mando war auf dem Landweg vorausgeschickt worden;
Hitler lehnte sogar die Einladung des Generalfeldmar-
schalls ab, im Dienstwagen mitzufahren, bestieg stattdessen sein gepanzertes Fahrzeug, wurde begleitet von
Männern der SS-Leibstandarte, bewaffnet mit Maschi-
nenpistolen. So war weder auf dem Hinweg noch auf
dem Rückweg ein Handstreich möglich: Georg von
Boeselager hatte ursprünglich vor, die Kolonne mit seiner Reiterschwadron (etwa 450 Mann) zu überfallen und
Hitler festzunehmen. Das unterblieb.

DIE BESPRECHUNG fand statt am Kartentisch im weiträu-
migen Büro des GFM Kluge. Er wird darauf hingewiesen
haben, dass die Ausstattung der Angriffsdivisionen mit
Panzern, Sturmgeschützen, Paks gegenüber dem stark
ausgebauten feindlichen Verteidigungssystem keineswegs

ausreiche, dass generell die Voraussetzungen für einen durchschlagenden Erfolg nicht gegeben seien. Vielmehr: dreifache Überlegenheit der russischen Geschütze, fast vierfache Überlegenheit der russischen Panzer, mehr als vierfache Überlegenheit russischer Divisionen. Und: Der eigene Nachschub ständig bedroht, nun schon spürbar eingeschränkt durch Eisenbahnanschläge. Vor allem aber: Die Truppeneinheiten sind abgekämpft, sind weithin dezimiert.

Doch Hitler ließ nicht mit sich reden. »Ich habe mich entschlossen, sobald die Wetterlage es zulässt, als ersten der diesjährigen Angriffsschläge den Angriff ›Zitadelle‹ zu führen. Diesem Angriff kommt ausschlaggebende Bedeutung zu. Er muss schnell und durchschlagend gelingen. Er muss uns die Initiative für dieses Frühjahr und diesen Sommer in die Hand geben. Der Sieg von Kursk muss für die Welt wie ein Fanal wirken.

Hierzu befehle ich: Ziel des Angriffs ist, durch scharf zusammengefassten, rücksichtslos und schnell durchgeführten Vorstoß je einer Angriffsarmee die im Gebiet Kursk befindlichen Feindkräfte einzukesseln und durch konzentrischen Angriff zu vernichten.

Forderungen von Wehrmachtteilen auf Zurückführung von Personal oder Material sind nur in Ausnahmefällen zulässig und ausschließlich an OKW/WFSt zu richten.

Ein Kapitulieren oder ein Zurückgehen gibt es nicht.«

AUCH HANS-GÜNTHER VON KLUGE wird nach der Besprechung (oder, wie es damals intern schon mal hieß: nach einer sehr eindeutigen Belehrung) das Gefühl gehabt haben, er sei bloß noch Befehlsempfänger, sei (wie ein anderer Armeeführer gesagt hatte) »hochbezahlter Unteroffizier«. Dass Hitler die faktische Lage längst aus dem Blick verloren hatte, dass sein Realitätsverlust, seine Realitätsverleugnung mit immensen Opfern an Menschen und Material bezahlt werden musste, das hatte sich überdeutlich bei Stalingrad gezeigt: sein striktes Verbot der Selbstbefreiung der eingekesselten 6. Armee, damit ihr unausweichlicher Untergang.

Doch selbst in dieser Gesamtlage: Kluge verbot Tresckow die Durchführung eines Pistolenattentats. Zwar sympathisierte er mit dem Widerstand, wollte sich aber erst an einem Staatsstreich beteiligen, wenn Hitler nachweislich tot war.

Dies war Plan A seines Ersten Generalstabsoffiziers: Zu Beginn des Mittagessens im Offizierskasino erheben sich, auf einen Ruf des Georg von Boeselager, Offiziere an einem der Tische in der Nähe von Hitler, eröffnen mit ihren Dienstwaffen das Feuer auf den Diktator.

Intern vorgetragene Bedenken wogen freilich schwer. Wahrscheinlich traf das Gerücht zu, Hitlers militärische Kopfbedeckung sei mit einer Stahleinlage verstärkt, auch trage er unter Jacke und Hemd eine Stahlweste. Man hätte ihn also in Nacken und Gesicht treffen müssen, dies bei sofort einsetzendem, rücksichtslosem Eingreifen der SS-Leibwächter, die sich aller Voraussicht nach im Kasino in Hitlers Nähe aufhielten. Kluge, in grundsätzlichen Erwägungen: Das deutsche Volk hätte keinerlei Verständnis für die Ermordung des Führers, der allein den Zusammenbruch verhindern könne. Zudem: Falls man mit Hitler nicht zugleich Himmler beseitigt, wird die Gefahr eines Bürgerkriegs heraufbeschworen – Waffen-SS gegen Wehrmacht. Überhaupt widersprach es Kluges Ehrgefühl, einen Menschen beim Essen zu töten. Ganz nebenbei: er müsse schließlich an Hitlers Seite sitzen …

So bereitete von Tresckow (ohne Kluge darüber zu informieren) die Umsetzung von Plan B vor: einen Sprengsatz in die Maschine des Führers zu schmuggeln.

Es war dies eines von insgesamt 13 Flugzeugen der Regierungsstaffel, die Tag und Nacht bewacht wurden – so sollte Sabotage verhindert werden; die größte Sorge galt dabei Sprengsätzen, deren Zünder in bestimmter Flughöhe aktiviert werden. Hitlers Sitz war denn auch speziell gesichert: Der stahlarmierte Sessel mit hoher Lehne war auf eine Bodenplatte montiert, die mit einem Hebelgriff gelöst werden konnte – falls die viermotorige Condor zum Absturz gebracht wurde, sollte wenigstens Hitler überleben, auf dem Sessel am Fallschirm. Doch nach der Landung im Feindesland …?

Auch vor Smolensk: Zu welcher Uhrzeit und in welcher der drei FW 200 Hitler nach Rastenburg zurückfliegen sollte, war Geheimsache. Doch selbst das perfekteste Abschottungssystem hat Lücken; bei einem Gespräch im Kasino mit seinem Tischnachbarn, dem Oberstleutnant Heinz Brandt, einem guten Bekannten, hörte Tresckow heraus, mit welcher Maschine Hitler zurückfliegen sollte und für welchen Zeitpunkt der Start vorgesehen war. Tresckow fragte daraufhin Brandt, ob er einem gemeinsamen Bekannten, dem Oberst Helmut Stieff, im Hauptquartier »Mauerwald« (bei Rastenburg) ein Päckchen übergeben könne – er sei ihm, nach einer verlorenen Wette, zwei Flaschen Cointreau schuldig. Übliche Formulierung: »Wettschulden sind Ehrenschulden.« Brandt sagte arglos zu; das Päckchen sollte ihm auf dem Flugfeld überreicht werden.

Cointreau: »L'Esprit d'Orange, Harmonie subtile et naturelle des Ecorces d'Oranges.« Dieser klebrigsüße Orangenlikör in charakteristischen Flaschen mit vierkantiger Form. Jeweils zwei flache Packen von englischen Haftminen der Serie »Clam«, mit Leukoplast aneinandergeklebt, nahmen in etwa die Form einer Cointreau-Flasche an; zwei solcher Flaschenformen wurden so verpackt, dass eine unauffällige Öffnung blieb zum Einführen eines Metallstücks, das den bleistiftähnlichen, chemisch-mechanischen Zeitzünder aktivieren sollte. Fabian von Schlabrendorff (Cousin von Tresckow, Cousin und Mitverschwörer) machte die Sprengladung scharf, übergab Brandt kurz vor dem Eintreffen des Führers das »Präsent«.

Der Oberstleutnant wollte das Päckchen erst im Stauraum, Packraum des Flugzeugs deponieren, hatte dann aber Bedenken: Die russische Kälte in jenem März, die noch tieferen Temperaturen in Flughöhe – könnte nicht Eisbildung die Likörflaschen platzen lassen? So nahm er, kurz entschlossen, das Päckchen mit in die Kabine.

Der lautlose Zünder war eingestellt auf eine halbe

Stunde nach dem Start, die Explosion musste über Weiß-russland (»Weißruthenien«) erfolgen, auf der Höhe von Minsk. Nach Probesprengungen ließ sich einwandfreies Funktionieren voraussetzen. Es verlief auch alles plange-mäß: Säure zerfraß den Spanndraht, Feder wurde freige-geben, Bolzen schnellte vor auf die Zündkapsel, Spreng-satz detonierte, ein mehrere Quadratmeter großes Loch wurde in den Rumpf gerissen, Absturz, die Maschine zerschellte. Die *eine* Explosion, die Millionen weiterer Explosionen verhinderte!

ALS ERSTER der NS-Führungsriege erfuhr, wie zu befürch-ten, Heinrich Himmler, Reichsführer-SS, vom Absturz der Condor. Hermann Göring befand sich zu dieser Zeit auf Pirsch in der Schorfheide, Joseph Goebbels weilte in den Filmstudios Babelsberg, um Dreharbeiten zu beob-achten und eine junge Schauspielerin zu begutachten.

Himmler sah die einmalige Chance gekommen, seinen langgehegten Plan zu realisieren: Die SS nicht mehr als Staat im Staate, sondern als eigentliche Staatsmacht. Und er selbst als Reichskanzler. Dies aber nicht als Nachfolger eines Adolf Hitler, der zum Opfer von Attentätern wur-de, sondern eines Helden, der im Kampf gegen den Bol-schewismus sein Leben für Deutschland geopfert hat.

In telefonischen Absprachen mit hochrangigen Offi-zieren der Waffen-SS wurde folgende Version festge-schrieben: Funknotruf des Chefpiloten Hans Baur ... Konzentrierte Attacke russischer Jäger auf die Formation der Condor-Maschinen und der Begleitjäger ... Angriff aus der Sonne heraus; wegen der damit verbundenen Blendung nicht rechtzeitig wahrgenommen … Begleitstaffel in schwere Luftkämpfe verwickelt, Abwehr auch durch Bordwaffen der drei Condors … Nach dem Ausfall des Schützen übernimmt Hitler selbst das schwere MG in der Dachkanzel … Ihm allein gelingt der Abschuss dreier Jagdflugzeuge … Unabwendbar jedoch der heimtückische Rammflug eines fanatisierten russischen Jagdfliegers … Der Condor FW 200 wird der Rumpf aufgerissen, fast halbiert … Der Absturz vom SS-Trupp eines Nachschubzuges beobachtet … Die Leiche des Führers kann von einem Stoßtrupp geborgen werden … Wie durch ein Wunder ist der Körper des Führers äußerlich fast unversehrt … Überführung mit einem Panzerzug heim ins Reich.

Sogleich setzte der Kampf ein um die Macht. Als propagandistischer Ansatzpunkt: Die Luftattacke auf der Höhe von Minsk war allein durch Verrat ermöglicht worden; die Verräter müssen sich im Hauptquartier der Heeresgruppe Mitte befinden … So gab der Reichsführer-SS das Stichwort zur Abrechnung mit der Wehrmacht – die hatte die Waffen-SS stets als unerwünschte, weil weithin autonome Konkurrenz betrachtet. Sprachregelung für Presse und Funk: SS ergreift die Befehlsgewalt, um einen Militärputsch zu verhindern.

Himmler nutzte den Informationsvorsprung weiterhin, um Nebenbuhler auszuschalten. Hermann Göring wurde auf der Pirsch erschossen: Eingeschleuste Sowjets … Kommandounternehmen … ruchlose Tat … im unübersichtlichen Heide- und Waldgelände abgesetzt ... Verfolgung bereits eingeleitet ...

Zeitgleich besetzte ein SS-Trupp das Propagandaministerium in der Wilhelmstraße, eskortierte Goebbels zu seinem Landsitz am Bogensee, stellte ihn unter Hausarrest. Anweisung an die Redaktion der Zeitung »Das schwarze Korps«, eine Kampagne einleitend: Der Vater von sechs Kindern als Blaubart ... seelische Leichen junger Frauen der Filmbranche ... Publikation diskriminierender, geheimdienstlich aufgenommener Fotos.

Als weiterer Anwärter auf die Macht galt Albert Speer. Unter diskreter Bewachung wurde der »RM f. Bew. u. Mun.« in das Krankenhaus und Sanatorium Hohenlychen eingewiesen: Die Nachricht vom Tod des von ihm über alles geliebten Führers habe einen physischen und psychischen Zusammenbruch ausgelöst; SS-Arzt Professor Gerlach habe die Behandlung des hochrangigen Patienten zur Chefsache gemacht.

UND HIMMLER INSZENIERT das Staatsbegräbnis. Freilich ohne Hitlers Leiche – sie konnte nicht aufgespürt, nicht identifiziert werden; die propagandistische Version von der rechtzeitig geborgenen, kaum versehrten Leiche war mittlerweile festgeschrieben. Der (leere) Sarg (soldatisch schlicht, mit Hakenkreuzflagge bedeckt) auf einer Geschützlafette, gezogen von einem SS-Schützenpanzer. Reichskanzlei ... Wilhelmstraße ... »Unter den Linden« ... Vor Schinkels Neuer Wache: letzter Gruß der SS-Ehrenformation.

Um Kontinuität zu demonstrieren, folgt der Reichsführer der Lafette in Hitlers Dreiachser-Mercedes, zwar
mit offenem Verdeck, jedoch sitzend, somit geschützt
durch kaschierte Panzerplatten, durch 40-Millimeter-
Panzerglas. Zudem sind Scharfschützen der Waffen-SS
auf Dächern postiert, hinter Fenstern – ein Anschlag der
Wehrmacht auf Himmler wird befürchtet.

Großer Trauerkondukt bis zum Stettiner Bahnhof, von
dort wird »Hitlers Leiche« zu Görings Landsitz Carinhall
transportiert. Der »Führer« und sein »getreuester Paladin« werden im kleinen Mausoleum bestattet, das Göring
für seine erste Frau hatte errichten lassen. Die Beisetzung
gilt als Übergangslösung, eine monumentale Grabstätte ist
bereits in Planung. Bis auf Weiteres bleibt denn »Hitler«
im Sperrbezirk Carinhall beigesetzt; Volksgenossen können hier nicht Abschied nehmen, Eintragungen in ein
Kondolenzbuch im Ehrenhof der Reichskanzlei hingegen
sind erwünscht (und sollen später ausgewertet werden).

Weitere Sofortmaßnahme: Jede Form öffentlicher Ver-
sammlung wird verboten: »Gefahr im Verzug« – keine
Gruppenbildungen auf Straßen und Plätzen, auch nicht
in geschlossenen Räumen; das Führen von Waffen ist nur
SS, Wehrmacht und Polizei gestattet; Urlaubssperre für
Beamte und Angestellte des öffentlichen Dienstes.

ZWEI ZIELE setzte der Reichsführer-SS. Innenpolitisch:
Himmler wollte eine »klärende Auseinandersetzung zwischen Wehrmacht und SS herbeiführen«. Grundtenor der
weiterhin gleichgeschalteten Presse: Heinrich Himmler,

Chef des Ersatzheeres, wird als starke Hand auch in der Wehrmacht Ordnung schaffen, wird mit eisernem Besen alle Elemente aus der Wehrmacht entfernen, die gegen den Staat eingestellt sind. Letztlich wollte Himmler die Hoheitsrechte der Wehrmacht auf die SS übertragen.

Außenpolitisch: Himmler führte den »heroischen Abwehrkampf gegen die rote Flut« weiter, insgeheim aber nahm er, von der Aussichtslosigkeit des Mehrfrontenkrieges überzeugt, Sondierungsgespräche auf mit dem schwedischen Attaché, der wiederum in Verbindung stand mit der englischen Botschaft in Stockholm. Himmlers Vorschlag: Öffnen der Front im Westen, sodann, im stillen Einvernehmen mit den Westmächten, die Ostfront verstärken. Als Richtlinie für inoffizielle Vorgespräche: Vor allem England solle dem Deutschen Reich alle Mittel verschaffen, den Kampf gegen Moskau weiterzuführen; es liege im Interesse der Westmächte, Deutschland »als Festlandsdegen« stark zu machen gegen das bolschewistische Russland mit seiner Politik der Expansion.

AUF HELGOLAND fand ein geheimes Treffen statt mit hochrangigen Vertretern der Westmächte. Zur Tarnung wurden die Gäste auf einem Rotkreuz-Schiff zur Insel gebracht, Himmler wurde eingeflogen mit einem Fieseler Storch.

Mitarbeitern von Wilhelm Canaris, Chef des Amtes Abwehr im OKW, war es gelungen, den codierten Funkverkehr der SS zu dechiffrieren; Canaris setzte sich sofort mit Generalfeldmarschall Rommel in Verbindung, der wenige Tage zuvor (am 8. März 1943) den afrikanischen Kriegsschauplatz hatte verlassen müssen. (230 000 Soldaten des deutsch-italienischen Nordafrikakorps gingen in britische Gefangenschaft – mit einem seiner letzten Befehle hatte Hitler eine frühere Rückführung der deutschen Truppen verboten.)

Rommel hatte ein Attentat auf Hitler stets abgelehnt – grundsätzliche Erwägungen vor allem unter dem Aspekt der Eidbindung an den Führer. Der Attentatsversuch des Georg Elser hatte ihn entsetzt: »Es ist nicht auszudenken, [was geschehen wäre,] wenn der Anschlag wirklich gelungen wäre.« Doch mit Hitlers »Heldentod« hatte sich für ihn eine neue Ausgangslage ergeben.

Auch Rommel sah die vorrangige Aufgabe darin, die Rote Armee von Zentraleuropa fernzuhalten; an einen Sieg über die »erstarkende« Sowjetunion glaubte auch er nicht mehr, ein militärisches Patt hingegen erschien ihm möglich, unter der Voraussetzung einer nachhaltigen Unterstützung durch die Westmächte. Das wiederum setzte voraus: England musste sich zu Verhandlungen bereit erklären. Rommel sah in einer Verständigung die Chance, Hitlers geheimen Wunsch zu erfüllen: Großbritannien als Partner, nicht als Gegner – dies auch unter »rassischen« Aspekten. In England wiederum war, intern, zeitweilig eine deutsch-englische Entente erörtert worden.

Nun aber bestand akute Gefahr: Himmler konnte, nach womöglich erfolgreichen Verhandlungen, den Oberbefehl über die Wehrmacht an sich reißen, mit Duldung der Alliierten, die den fortgesetzten Kampf gegen die Sowjetunion bereitwillig den Deutschen überließen. (Hitlers Überfall auf die SU war in England mit Erleichterung registriert worden: Nun war die Gefahr einer Invasion der Insel endgültig gebannt, die Aussichten auf einen Sieg waren entschieden größer. Zudem, als Langzeitperspektive: Deutschland sollte im Osten »die Wache für die Sicherheit des Britischen Reiches« übernehmen.)

ROMMEL setzte sich, von Canaris informiert und unterstützt, in Verbindung mit dem Referat Ic der Seekriegsleitung: Die Geheimkonferenz auf Helgoland musste vorzeitig beendet, Himmler sollte festgenommen werden. Als Leiter des Kommandounternehmens vorgesehen: Korvettenkapitän Herbolzheim. (Er galt als anglophil, war mit einer Engländerin verheiratet, las gern den »Punch«. Interne Darstellung seines Umdenkens: Er war im Verlauf der Kriegsentwicklung in eine so deprimierte Stimmung geraten, dass er den Anschauungen der Opposition innerhalb des Führungsstabes der Heeresgruppe Mitte zur Gesamtkriegslage beipflichtete.)

In einem koordinierten Einsatz von Flugbooten und U-Booten wurde der Reichsführer-SS festgenommen und auf einen Zerstörer der Marine verbracht.

Der Handstreich musste der Öffentlichkeit gegenüber kaum kaschiert werden: Die deutsche Bevölkerung ließ sich leicht und gern davon überzeugen, dass die Wehrmacht nicht der Waffen-SS untergeordnet (von ihr »untergebuttert«) werden wollte, dass neue Befehlswege festgelegt werden mussten. Generaldirektive: Zu befolgen

144

waren nur noch Befehle von GFM Rommel – die SS habe sich in Belange der Wehrmacht nicht weiter einzumischen. Dem designierten Propagandaminister Fritzsche fiel die Überzeugungsarbeit nicht schwer: Himmler war wenig beliebt, Rommel hingegen, der »Wüstenfuchs«, wurde als Held gefeiert, seit seinen früheren Siegen in Afrika. (Wobei sich auf sein Öffentlichkeitsbild günstig auswirkte, dass Kritik an seiner zuweilen blindwütigen, entsprechend verlustreichen Kampfführung nicht zugelassen war.)

Es fanden geheime Vorgespräche statt. Dabei wurde signalisiert: Verständigung sei möglich, Voraussetzung seien jedoch verhandlungsfähige Partner, die nicht nationalsozialistisch sein dürften. Erwin Rommel suchte und fand ersten Gesprächskontakt mit Bernard L. Montgomery, der ab Mitte 42 (auf Anweisung des Premierministers Churchill) den Oberbefehl über das britische Expeditionskorps (8. Armee) in Afrika übernommen hatte. Im Befehls- und Wohnwagen des Fieldmarshal hing stets ein gerahmtes Foto von »Erwin«.

Als Treffpunkt wiederum eine Insel: Guernsey im Ärmelkanal. »Monty« erschien mit einer Gruppe auch ziviler Unterhändler, die Weisungen der Downing Street zu befolgen hatten. Eine erst kühl formelle Begrüßung des deutschen Unterhändlers, doch dann, im Verlauf der Verhandlungen, die »Sternminuten« am Fenster mit Blick auf den Ärmelkanal: Montgomery und Rommel fast Schulter an Schulter. Was er jetzt zu sagen habe, sei »top secret«, dürfe dennoch ausgesprochen werden unter wechselseitig geachteten Gegnern: Auch Premier Churchill sei einer der Bewunderer Rommels, habe das im Vorjahr sogar öffentlich bekundet, im Unterhaus.

Eine günstige Voraussetzung für die Verhandlungen; er sei bereit, so Montgomery, den Spielraum zu nutzen, soweit die Gesamtlage das zulasse. Rommel, jäh den Tränen nah, erwiderte die Komplimente: Montgomery als ritterlicher Gegner in Afrika. Komplimente auch für den knochenhart konsequenten Premier und Verteidigungsminister. Kurzes Schweigen mit Blick auf die Wasserfläche – schon löste sich der Bann, die Verhandlungen wurden fortgeführt.

Offiziell blieb das Treffen ohne Ergebnis, die Alliierten hatten sich, nach Roosevelts umstrittener Presseerklärung in Casablanca, festgelegt auf das »unconditional surrender« Nazi-Deutschlands. Inoffiziell jedoch einigten sich Fieldmarshal und Feldmarschall rasch: Die Westfront wird geöffnet, der Wehrmacht wird »freie Hand im Osten« eingeräumt. Montgomery sah im Bolschewismus nicht nur eine Gefahr für Europa, sondern für die gesamte Welt.

Hier herrschte voller Konsens mit Premierminister Churchill. Er galt als dezidierter Feind der »kommunistischen Pest«. Bereits 1919 hatte er dafür votiert, den Krieg fortzusetzen gegen die Sowjetunion: »Weltgegenrevolution«. Er hatte denn auch – in den ersten Jahren – Reichskanzler Hitler akzeptiert, obwohl der, entgegen allen Regelungen des Versailler Vertrages, Deutschland wieder aufrüsten ließ: Churchill sah im erstarkenden Deutschen

Reich ein Bollwerk gegen die Sowjetunion. Überhaupt war Hitler Mitte der dreißiger Jahre als Staatsmann in Europa weithin geachtet, ja beliebt. Emile Cioran: »Kein zeitgenössischer Politiker ist so sympathisch und bewunderungswürdig wie Hitler.« Bewunderung für ihn auch in Großbritannien, korrespondierend mit der Befürchtung, Stalin könnte bedrohliche Dominanz in Europa gewinnen.

Der im Krieg anwachsende Hass auf Hitler und die Seinen konnte die Furcht vor Stalin nicht neutralisieren. Sobald Hitler besiegt war, sollte Stalin ausgeschaltet werden: Churchills Generalperspektive. So hatte er, in ständiger Verbindung erst mit Roosevelt, dann mit Eisenhower, entschieden dafür plädiert, die große Invasion nicht in Frankreich zu starten, stattdessen solle von Süden her ein massierter Vorstoß erfolgen in Richtung Triest–Wien–Prag, um einen »stählernen Riegel« zu treiben zwischen Europa und Sowjetunion.

Nun, nach dem endlich erfolgreichen Attentat auf Hitler, sah Churchill die große Stunde gekommen für die Weltgegenrevolution: Die Invasion sollte über Berlin hinaus fortgesetzt werden – als Aufmarsch gegen Russland. In erster Vorleistung hatte er die Anweisung erteilt, erbeutete Waffen der Wehrmacht nicht zu zerstören, sondern zu lagern, um sie deutschen Kriegsgefangenen zurückgeben zu können mit Beginn des gemeinsamen Feldzugs gegen die Sowjetunion.

ROMMEL BLIEB bei den Verhandlungen mit Montgomery seiner Grundüberzeugung treu; bereits Monate zuvor hatte er versucht, Hitler zu einem Waffenstillstand im Westen zu bewegen; der Zweifronten-, ja Mehrfrontenkrieg war nicht mehr zu gewinnen. »Die Truppe kämpft allerorts heldenmütig, jedoch der ungleiche Kampf neigt sich seinem Ende entgegen. Es ist meines Erachtens notwendig, die politischen Folgerungen aus dieser Lage zu ziehen. Ich fühle mich verpflichtet, dies klar auszusprechen.« Das gelang ihm freilich nur im Ansatz – gleich zu Beginn seiner Ausführungen wurde er von Hitler unter demütigenden Begleitumständen aus dem Raum verwiesen (»rausgeschmissen«).

Atmosphärisches als wesentliche Voraussetzung für den Konsens von Guernsey, für die rasche Zustimmung zum zentralen Angebot von Rommel: Die Front wird im Westen geöffnet. Konkret: Sämtliche militärischen Stellungen (sogar der Atlantikwall, nach Rommels Einschätzung ohnehin nur ein Propagandawall) werden geräumt, Truppen und schwere Waffen werden auf direktem Wege Richtung Osten transportiert.

Als eher symbolische Gegenleistung: Deutsche Gefangene in britischen Lagern werden freigelassen, sofern sie sich bereit erklären, am »Kreuzzug der Freiheit« gegen die Sowjetunion teilzunehmen; andernfalls sollen sie von militärischen Dienststellen registriert werden, damit sie verfügbar bleiben. Erbeutete Handfeuerwaffen, leichte und schwere Artillerie, Panzerfahrzeuge, Flugzeuge sollen erneut zum Einsatz gebracht werden.

Diese Absprachen erfolgten, diese Maßnahmen wurden durchgeführt, bevor die (seit langem geplante) Invasion der Alliierten stattfand – so konnte der (nach dem Ersten Weltkrieg) reaktivierte Slogan »Im Westen unbesiegt« im Reich Resonanz und Akzeptanz finden. Die im Osten kämpfenden deutschen Truppen erhielten damit einen neuen Motivationsschub.

Grundlegend, richtungweisend für Ausgangslage und Entwicklung der geheimen Verhandlungen auf Guernsey war, wie sich später erwies, ein internes Papier von Winston S. Churchill:

»Erstens: Sowjetrussland ist zu einer tödlichen Gefahr für die freie Welt geworden.

Zweitens: Jetzt, sofort, muss eine neue Front geschaffen werden, um seinen weiteren Vormarsch zu verhindern.

Drittens: Diese Front muss so weit wie nur möglich nach Osten vorgeschoben werden.

Viertens: Berlin muss für die angloamerikanischen Armeen das eigentliche und vorrangige Ziel sein.«

Die geheime Entscheidung musste propagandistisch unterstützt werden. General Ludwig Beck, vom militärischen Widerstand zum Reichsverweser nominiert, wandte sich über den Rundfunk an die deutsche Bevölkerung: »Ungeheuerliches hat sich in den letzten Jahren vor unseren Augen abgespielt. Hitler hat ganze Armeen gewissenlos wider den Rat der Sachverständigen seiner Ruhmsucht, seinem Machtdünkel, seiner gotteslästerlichen Wahnidee geopfert, berufenes und begnadetes Werkzeug der ›Vorsehung‹ zu sein. (…) Er hat Ehre und Würde, Freiheit und Leben anderer für nichts erachtet. Zahllose Deutsche, aber auch Angehörige anderer Völker, schmachten seit Jahren in Konzentrationslagern, den größten Qualen ausgesetzt und häufig schrecklichen Foltern unterworfen. Viele von ihnen sind zugrunde gegangen. Durch grausame Massenmorde ist unser guter Name besudelt. Mit blutbefleckten Händen ist Hitler seinen Irrweg gewandelt, Tränen, Leid und Elend hinter sich lassend. (...) Unsere erste Aufgabe wird es sein, den Krieg von seinen Entartungen zu reinigen und die verheerenden Vernichtungen von Menschenleben, Kultur- und Wirtschaftswerten hinter den Fronten zu beenden. Wir wissen alle, dass wir nicht Herren über Krieg und Frieden sind. Im festen Vertrauen auf unsere unvergleichliche Wehrmacht und im zuversichtlichen Glauben an die von Gott der Menschheit gestellten Aufgaben wollen wir alles zur Verteidigung des Vaterlandes und zur Wiederherstellung einer gerechten Ordnung opfern.«

Auch mit solchen Aufrufen wurde der Frontwechsel der Westarmee motiviert. Wichtig und wirksam war dabei die Fiktion einer unmittelbar bevorstehenden, ja bereits eingeleiteten sowjetischen Großoffensive im mittleren Frontabschnitt. (Weisung Chef WFSt an Chef WPr zur Berichterstattung: Zwar die Angriffskraft und Leistung unserer Truppe herausstellen, die neuen Ziele im Osten jedoch verschleiern, damit der veränderten Kriegslage Rechnung tragen.) Der Grundtenor der Propaganda musste freilich nicht verändert werden: Den Kampf fortsetzen gegen das »bolschewistische Russland des Kollektivismus, des mechanischen Organisierens, der Seelenlosigkeit, der Gottlosigkeit«.

Henning von Tresckow sollte den »Abwehrkampf« generalstabsmäßig leiten, gemeinsam mit Oberst Hans Oster, einem der aktivsten Mitglieder des militärischen Widerstands. Unterstützt wurde die (immer mehr unter russischen Druck geratene) Heeresgruppe Mitte vom »Löwenanteil« der Divisionen, die von Frankreich nach Russland »geworfen« wurden, begleitet von schwerer Artillerie, zumeist abgebaut in Geschütz-Schartenständen des Atlantikwalls – hier war es vor allem die Achtkommaacht, die als Flachbahngeschütz im Erdkampf zum Einsatz gelangen sollte, speziell gegen die stark gepanzerten, wendigen T-34, gegen die bis dahin artilleristisch wenig ausgerichtet werden konnte.

Die Fortsetzung der Kämpfe im Osten (»Deutschland schützt mit seinem Blut Europa vor dem Bolschewismus«) wurde von Briten wie von Amerikanern in Geheimverhandlungen nicht nur gutgeheißen, es wurde materialmäßige Unterstützung zugesichert. Dies auch, um die Heeresgruppen Nord und Mitte zu fixieren – ein »Zurückfluten« entwaffneter Wehrmachtsangehöriger wurde als gefährliches Potential erachtet. Solange die Wehrmacht im Osten eingesetzt blieb, konnte die Gesamtstärke der Besatzungstruppen in Deutschland gering gehalten werden: »Friede im Hinterhof«.

In dieser Konstellation konnte Rommel (nun als Kommandeur des »Eingreifstabes Rommel«) seinen alten, von Kollegen als verstiegen angesehenen und radikal verworfenen Plan realisieren: Von Süden her in den persischen und irakischen Raum vorzustoßen, Richtung Basra, die dortigen Ölfelder in Besitz zu nehmen, den Angriff sodann gegen die Südfront des Kaukasus zu richten, Baku einzunehmen und damit die Ölfelder am Schwarzen Meer – so würden die Russen »in ihrem Lebensnerv getroffen«.

Was kurze Zeit zuvor noch völlig unrealisierbar erschienen wäre, das wurde nun, in rasant veränderter Weltkonstellation, zu kalkulierbarem Risiko. Denn auch im Fernen Osten fand der große Frontwechsel statt. Die Allianz des japanischen Kaiserreichs mit dem Großdeutschen Reich war hinfällig geworden, der Krieg im Pazifik wurde durch einen rasch anberaumten Waffenstillstand mit den Amerikanern beendet.

Das japanische Oberkommando sah daraufhin Zeitpunkt und Gelegenheit gekommen, den seit 1937 schwelenden Grenzkonflikt in der Mandschurei durch eine (bereits seit längerem geplante) Invasion zu entscheiden, das hieß: den Machtbereich Japans in die Mongolei hinein, ja über die Mongolei hinaus nachdrücklich und nachhaltig zu erweitern. Die im Pazifik freigesetzten japanischen Truppen wurden umgehend in der Mandschurei zusammengezogen, in zahlen- und materialmäßiger Überlegenheit rückte die kaiserliche Armee westwärts vor – sollte die SU von den Japanern »aufgerollt« werden? Stalin sah sich gezwungen, Truppen von der Westfront abzuziehen: Die Niederlage des Jahres 1905, im ersten Japanisch-Russischen Krieg, durfte sich auf keinen Fall wiederholen, vor den »expansionslüsternen« Japanern musste das »Hintertor« zugeschlagen werden. Einen intensiv geführten Zweifrontenkrieg aber konnte sich die Sowjetunion zu jenem Zeitpunkt nicht leisten. Der umfangreiche (bisher vorwiegend mit Geleitzügen über Murmansk abgewickelte) Nachschub für die Rote Armee wurde von den Amerikanern »mit sofortiger Wirkung« eingestellt: Keine Lastwagen (»trucks«), keine Panzer (»Shermans«) mehr, kein Treibstoff. Das zwang zur Konzentration der verbliebenen Mittel: Der Kampf in der Mandschurei wurde zur vorrangigen, zur patriotischen Herausforderung.

In dieser Konstellation musste Rommel keinen allzu massiven Widerstand der Roten Armee befürchten. Für Sowjetsoldaten kam einschüchternd, fast lähmend hinzu der »Faktor Rommel«. Und Rommel war, wieder einmal, bereit, alles auf eine Karte zu setzen. Nach der Niederlage des (zuletzt kaum noch mit Nachschub versorgten) Afrikakorps wollte er sich mit der »Rettungsoffensive« rehabilitieren. Sein Feldzug als »Vorleistung für Zentraleuropa« – kein Land hier, das nicht gefürchtet hätte, in den Machtbereich (»in die Fänge«) der stalinistischen Sowjetunion zu geraten. Die Süd-Offensive wurde denn auch von Freiwilligenverbänden mehrerer Länder unterstützt, die gleichfalls an zukunftssicherer Versorgung mit Rohöl interessiert waren – niederländische, belgische, französische Einheiten wurden Rommels Kommando unterstellt. (Die Kampfkraft der ohnehin verbündeten Italiener wurde von Rommel allerdings gering eingeschätzt: »Die sitzen in ihren Löchern und spulen den Rosenkranz ab.«)

Mit raschen Vorstößen vollmotorisierter (von den Alliierten hinreichend mit Treibstoff versorgter) Truppen erreichte Rommel Basra und Baku. Das Ansehen, das Renommee, der Ruhm des Heerführers: potenziert!

INZWISCHEN war von den Alliierten eine Rückzugslinie für die Heeresgruppen Nord und Mitte festgeschrieben worden: die Linie Tilsit–Lemberg als Hauptkampflinie. Rommel musste sich, der Anweisung von Eisenhower und Montgomery folgend, mit der Heeresgruppe Süd aus den soeben eroberten Gebieten zurückziehen. Was freilich, wie vorab vereinbart, erst nach Abschluss von Lieferverträgen geschah, die eine ausreichende Versorgung mit Rohöl sicherstellten – auch für die Länder, die Hilfstruppen entsandt hatten.

In »sanfter« Invasion marschierten indessen Angloamerikaner in Frankreich und Italien ein, setzten in den kampflos überlassenen Gebieten den Vormarsch zügig fort, überquerten, entgegen inoffiziellen Absprachen, den Rhein, entwaffneten allerdings nicht die Einheiten des Heimatheeres, setzten vielmehr auch sie Richtung Osten in Marsch, unterstützt von amerikanischen Transportmitteln.

Der Kampf im Osten wurde offiziell zwar weitergeführt, doch recht bald schon auf Stellungskrieg beschränkt. Auf beiden Seiten der Tilsit–Lemberg-Linie begann man sich einzugraben: Laufgräben, Erdbunker, Panzer in Mulden, Artillerie in befestigten Stellungen.

Die Propaganda wurde umgestellt. Es hieß nun nicht

mehr, die rote Flut müsse eingedämmt werden, vielmehr sollte russischer Nationalismus gegen den Kommunismus unterstützt, sollte der Bolschewismus ausgeschaltet werden. Unerwünscht waren von nun an Formulierungen wie »eiserner Wille zur erbarmungslosen Vernichtung des Feindes«. Strikte Abgrenzung nach Osten weiterhin, jedoch auf der Basis geheimer Absprachen im Rahmen des inoffiziellen Waffenstillstands. So gelang es, die Sowjets von Mitteleuropa fernzuhalten.

Am Völkerschlachtdenkmal fand ein großer Dankgottesdienst statt – zwischen der Monumentalfigur des gewappneten Michael und dem »See der Tränen gefallener Soldaten«.

Und Papst Pius XII. zelebrierte im Petersdom ein Tedeum. »Der heilige Bannerträger Michael führe die Seelen der Gefallenen in das heilige Licht.«

DAS DEUTSCHE REICH galt mit dem kampflosen Einmarsch amerikanischer und englischer Truppen als besetzt, entsprechend der Proklamation von Casablanca. In Anbetracht der Kooperationswilligkeit der deutschen Heeresführung wurden allerdings Konzessionen gemacht im Hinblick auf eine neue Regierungsbildung.

Entscheidend auch für die weitere Entwicklung in Deutschland war der »Faktor Rommel«: seine gefeierten Siege, seinerzeit in Nordafrika und kürzlich erst wieder in Südrussland. Er galt, trotz einer Verwundung, als kugelfest, galt, trotz seiner Niederlage bei El-Alamein, als unbesiegbar. Generäle und Truppen folgten ihm bedingungslos. Auch in der zivilen Welt genoss er höchstes Ansehen: gerühmt wurde die soldatische Knappheit seiner Äußerungen, seine Entschiedenheit, sein Verzicht auf Schnörkel.

Rommel als »Mann der Stunde«. Churchill und Montgomery waren sich in der Grundüberzeugung mit ihm einig: sie wollten die Restauration eines konservativen Europa; die »Weltgegenrevolution« sollte endlich nachgeholt werden.

In zwei Punkten blieben die Alliierten allerdings unnachgiebig. Punkt eins: die NSDAP wird verboten, mit all ihren Untergliederungen. (Als geheime Zusatzregelung: Himmler wird gehängt.) Punkt zwei: Berlin durfte nicht Hauptstadt des neuen Verbündeten bleiben; mit diesem Stadtnamen verband sich für Premierminister Churchill »Großmannssucht«, personifiziert in Kaiser Wilhelm wie in Kanzler Hitler; Berlin sollte klein gehalten werden, innen- wie außenpolitisch. So wurde auf der Konferenz von Athen bestimmt: Köln wird deutsche Hauptstadt unter angloamerikanischem Mandat. Für Churchill spielte dabei mit, dass »Cologne« von britischen Bombern leicht erreicht werden konnte – bei Sichtflug den Rhein entlang. Stumme Drohung: Wir können jederzeit wieder eingreifen.

Sitz der Mandatsverwaltung wurde das Hotel auf dem Petersberg (Siebengebirge) – weithin sichtbares Symbol der Dominanz der »eingeladenen Sieger«. Dort fanden erneut Geheimkonferenzen statt mit Rommel als weiterhin einzigem Partner. Charakteristischer Ausspruch Rommels bei einer der Verhandlungen: »Ich bin ohne persönlichen Anspruch zu jedem Einsatz bereit.« Gleichzeitig gab er zu Protokoll: Er wolle sich vorerst in einer gewissen Reserve halten, wolle seine Popularität erst einbringen, sobald er sich offiziell zur Verfügung stelle.

Dafür war das Stichwort gegeben mit Bildung der neuen Regierung: Erwin Rommel erwartungsgemäß als Reichspräsident. Ein Rommel ohne Uniform, ein Rommel mit Hut – einen uniformierten Reichspräsidenten hätte England nicht akzeptiert. Rommel an der Spitze der Republik (vor allem) von Englands Gnaden, Rommel als Garant nicht nur der Bündnistreue, sondern der Hörigkeit. In seiner simplen Psychologie rückte Montgomery an die Stelle Hitlers; es fiel Rommel leicht, sein Grundmuster zu übertragen, nur die Namen austauschend: »Monty vertraut mir, und das genügt.« (Dennoch verbreitete sich das Gerücht, Rommel habe im Kölner Amtsraum ein signiertes Hitlerfoto im Silberrahmen auf dem Schreibtisch stehen; bei offiziellen Besuchen werde es vorübergehend in einer Schublade abgelegt.) Trotz aller Vorgaben, aller Einschränkungen: Rommel blieb bei der Bevölkerung höchst populär als RR (Reichspräsident Rommel) wie als EE (Exzellenz Erwin).

Als Reichskanzler wurde Carl Friedrich Goerdeler vereidigt – Tresckow hatte nachdrücklich für seine Nominierung plädiert. Der von den Nazis seinerzeit abgesetzte Bürgermeister von Leipzig, Berater der Firma Bosch, er war, unter erheblichem Risiko, 1942 mit gefälschten Papieren zur Heeresgruppe Mitte gereist, um mit dem oppositionellen Führungsstab Absprachen zu treffen über Maßnahmen zur Beendigung der Hitler-Diktatur. Goerdeler hatte zahlreiche Fäden geknüpft; so konnte er Vorschläge einbringen zur weiteren personellen Besetzung der Mandatsregierung, unter Betonung der Wiederherstellung rechtsstaatlicher Verhältnisse und verfassungsmäßiger Regierungsverantwortung: Ludwig Beck als Generalstatthalter, Graf Helldorf als Polizeichef, von Hassel als Minister des Auswärtigen, von Schulenburg als Staatssekretär für das Reichsministerium des Inneren, Fritzsche als Kulturminister.

Und: Henning von Tresckow als neuer Chef des OKH. Seine erste Handlung, von Rommel entschieden unterstützt (vor dem Hintergrund alter Feindschaft): GFM Keitel (Spitzname »Lakeitel«) wurde wegen »knechtischer Gesinnung« abgesetzt; dazu hatte Hitler indirekt eine Vorgabe geleistet mit dem internen, vielfach kolportierten Ausspruch, Keitel habe das Gehirn eines Kinoportiers.

Rommel dachte auch der Gesellschaft gegenüber taktisch, ja strategisch, richtete alles auf seine Ziele aus: Erstens, den Osten in Schach zu halten, zweitens, die noch gefährdete innere Balance zu sichern, drittens, alten Werten wie Ordnung, Sauberkeit, Gehorsam erneut Rang und Würde zu verleihen. Zwar gab es offiziell keine Zensur, dafür sorgte Reichskanzler Goerdeler, es wurde freilich erwartet, dass man sich in mündlichen, erst recht in schriftlichen Verlautbarungen an die neuen Maßregeln hielt. Jeglicher Form von Kritik entgegengehalten wurde die Wahrung »altehrwürdiger« Kategorien, die Anbindung an deutsche Mythen, die Pflege von Traditionen: Restauration.

SICH DEM VOTUM seines persönlichen Referenten und seines englischen »adviser« fügend, nahm Erwin Rommel teil auch am kulturellen Leben. Bei öffentlichen Auftritten begnügte er sich allerdings mit (leicht erweiterten) Grußworten.

Deutsches Opernhaus Berlin; Festsitzung der Kulturkammer (vormals RSK); Kulturminister Fritzsche (zugleich Vorsitzender des Kultursenats) verkündete die Verleihung des Nationalen Buchpreises an Hanns Erckmann für den Versroman »Der Stoßtrupp«. Und bat Reichspräsident Rommel ans Rednerpult.

Rommel (im Cutaway!) wurde mit herzlichem Beifall begrüßt. Rasch winkte er ab. Und betonte, er sei weder befugt noch dazu berufen, über ein Werk der Literatur zu sprechen, schon gar nicht in aller Öffentlichkeit (Gelächter und Beifall), er wolle und könne nur einen bescheidenen Beitrag leisten zur Einstimmung des erfreulich zahlreichen Publikums. Und er gab, wie nicht anders zu erwarten, eine Anekdote zum Besten aus der Zeit des Ersten Weltkriegs, wenn auch nicht, thematisch vorwegnehmend, zu einem Stoßtruppunternehmen, so doch als Hinweis auf eine große Tugend, die nie veralte: der Standhaftigkeit.

Knappe, abgelesene Einstimmung. Und Rommel, von Beifall umbrandet, übergab dem Laudator das Wort.

Professor W. Loritz erklärte einleitend, er werde nicht den Fehler begehen, das heute gefeierte Werk zu analysieren, er sei eher Literaturbetrachter als Literaturkritiker, eher Kunstdiener als Kunstrichter. Beifallskundgebung. Und Loritz zitierte das Motto (nach Aischylos) des in doppelter Wortbedeutung ausgezeichneten Werkes: »Leidvoll entzündet ward ein blutig Opfer.« Und er hub an, die Sprachgewalt des zeitgenössischen Werks in der klassischen Form des Hexameters zu preisen, Kernsätze hervorhebend in angemessen pathetischer Artikulation: »Schicksal ist jeder Schluck Atem,/den er kämpfend genoss, der die Seele ihm dehnte gewaltig./Doch verschüttet im Sand ist die Schale des Herzens, wenn einer/ kampflos neigte sein Haupt.«

Der Festredner ließ sodann charakteristische Zitate folgen aus der Rahmenhandlung: Der Dichter, sich erinnernd, auf dem Lande, in einer Hütte. »Reben im Glaste ... hallende Wölbung des Himmels ... nächtlich brausende Erde ... sternennachbarlich ... mächtige Urnacht im Blute ... Ahnenhochzeit der Kräfte ... schicksalerzitternde Waage ... lauschend erhob sich mein Herz ... Schwermut glomm in den Augen, die weit in die Landschaft hinaussah'n.«

Staatsschauspieler Lothar Müthel rezitierte sodann eine etwa viertelstündige Passage aus dem als »zukunftsweisend« bezeichneten Werk. Auch »RR« zeigte sich beeindruckt. Fast Schulter an Schulter neben ihm der Preisträger, dem Rommel zwischendurch, scheinbar spontan, ein »privates« Wort der Anerkennung zuflüsterte.

Langsam pirschte der Trupp ins Gehölze. Es gähnte
  ein Graben,
wildverwuchert von filzigem Kraute. Es silberten
  Stümpfe
alter Bäume, verkohlt und zersplittert vom Feuer des
  Krieges.
Sichernd stiegen wir an durch den Graben zum
  Gipfel des Berges.
Vor uns lag das Gelände im friedlichen Scheine der
  Sterne.
Doch es brauste ein Schauer Entsetzens übers
  Gefilde.
Unfruchtbar und vergiftet, zertrümmert, zerwühlt
  und betrichtert,
Millionen der zornigen Zeichen in Schluchten
  gesiegelt,
von der kreischenden Säge des Krieges zersäget zu
  Fetzen,
ohne Atem, vom Tode gebändigt: die Erde von
  Verdun.

Anhaltender Beifall. Wie benommen schritt Erckmann
zum Rednerpult; statt der erwarteten Dankesrede sorgte
er für eine mit Ovationen bedachte Überraschung: er las
vier Seiten vor aus Rommels Erinnerungsbuch »Infante-
rie greift an«.

»Ein Häuflein meiner ehemaligen Rekruten prescht
mit mir durchs Unterholz. Wieder schießt der Feind wie
rasend. Da – endlich! – sehe ich kaum zwanzig Schritt

vor mir fünf Franzosen. Sie schießen stehend freihändig. Im Nu liegt mein Gewehr an der Backe. Zwei hintereinanderstehende Franzosen stürzen, als mein Schuss kracht. Ich schieße wieder. Der Schuss versagt. Rasch reiße ich die Kammer auf. Sie ist leer. Zum Laden ist angesichts des nahen Gegners keine Zeit, eine Deckung in unmittelbarer Nähe nicht vorhanden. Zurückweichen kommt nicht in Frage. Die einzige Möglichkeit sehe ich im Bajonett. Als ich vorstürme, schießen die Gegner. Von einer Kugel getroffen, überschlage ich mich und liege nun ein paar Schritt vor den Füßen der Feinde. Ein Querschläger hat mir den linken Oberschenkel zerfetzt. Blut spritzt aus einer faustgroßen Wunde. Jede Sekunde erwarte ich einen Schuss oder Todesstoß. Endlich brechen meine Männer mit Hurra durchs Gebüsch, der Feind weicht.«

Nach der mit einem »bescheidenen Wort des Dankes« beendeten Lesung ein Moment, der in der Presse unisono als »bewegend« bezeichnet wurde: Erwin Rommel, offenbar von Erinnerungen übermannt, sprang auf und umarmte den Preisträger »auf offener Bühne«. Militär, Politik und Literatur schienen symbolhaft vereint.

SITZUNG DES REDAKTIONSAUSSCHUSSES anlässlich der Neuausgabe des Großen Brockhaus: Kann, darf, soll der Attentäter Georg Elser lexikographisch gewürdigt werden? Auf dem Tisch: Voten, auf internen Wunsch und diskreten Wink des Reichspräsidenten eingeholt.

»Das Attentat hat viele Menschen das Leben gekostet –

162

wer war da schuldig, wer unschuldig? Eine Frage, die sich Elser wohl nie gestellt hat, weder vorher noch nachher. Was ihn hinreichend charakterisiert, war obsessive Sturheit; ein klares Planungskonzept für eine Zeit nach Hitler besaß er nicht.«

Zweites Votum, in der Sitzung verlesen: »Wie kann man auf einen Mann hinweisen, der acht unschuldige Menschen in die Luft, der viele zu Krüppeln gesprengt hat? Meiner Einschätzung nach ist seine Tat moralisch verwerflich.«

Drittes Votum: »Elser hat mit dem Attentat seine politische Beurteilungskompetenz unzulässig überschritten. Als Durchschnittsbürger besaß er keinerlei Voraussetzungen zur hinreichenden Analyse der politischen Lage und Entwicklung; infolgedessen konnte er die Planungen des Führers, Krieg und Frieden betreffend, nicht einmal ansatzweise verstehen, geschweige denn nachvollziehen.«

Als besonders gewichtig wird der Einspruch des Pfarrers Martin Niemöller gewertet: Elser sei SS-Unterscharführer gewesen, habe auf persönlichen Befehl Hitlers die Sprengung arrangiert, um erneut dessen göttliche Protektion unter Beweis zu stellen, um zugleich das Stichwort zu liefern für weitere Verfolgungen.

Dr. Marchfeld (redaktionelle Mitarbeit über Werkvertrag): Noch dieser Tage habe er sich, in einem Ferngespräch, bei Niemöller nach dem Wahrheitsgehalt der ja einigermaßen überraschenden Angaben erkundigt. Der erst kürzlich aus dem KZ entlassene Pastor betonte nachdrücklich und blieb dabei: Er habe in Dachau von SS-

Bewachern erfahren, »Schorsch«, ihr »guter Kamerad«, habe auf höhere Weisung die Sprengung in äußerst geschickter Tarnung durchgeführt.

Daraufhin erfolgte, rasch und einstimmig, die Entscheidung des Gremiums: Lexikalischer Eintrag für Elser wird zurückgestellt; erst nach vollständiger Klärung des Sachverhalts kann ein eventuell späterer Eintrag in Erwägung gezogen werden.

RESTAURATION DOMINIERTE. Einige jüngere Komponisten jedoch opponierten gegen die weiterhin populären »Fest- und Feiermusiken, Freiluft- und Blasmusiken« und versuchten, musikalische Frei- und Spielräume zu erobern, zu erweitern. Das war indessen vorerst nur möglich bei Kompositionen für kleine Ensembles; von Symphonieorchestern wurde Tradiertes und Bewährtes gepflegt. Avancierte Kompositionen der »Gruppe W.« (unter dem geistigen Patronat des Anton Webern) wurden von Kammermusik-Ensembles einstudiert und aufgeführt.

Charakteristisches Beispiel: Ulrich Herzogs Streichquartett »Hob. III: 74«. Der betont sachliche Titel als Anspielung auf das sogenannte Reiterquartett von Joseph Haydn; dies wiederum als Hommage für das »Staatsoberhaupt zu Ross« – Erwin Rommel zuweilen als Reiter im Tiergarten. Die Widmung zudem als Schutz vor Machenschaften der ungebrochen konservativen Mehrheit der »Fachschaft Komponisten«. In einer programmatischen Erklärung hatte sie betont, deutsche Musik dürfe nicht wieder zum »Klangspiel, zum Dissonanzensport, zur Unzucht der Harmonie« führen, die Forderung des Tages laute: »Einfache Melodiebögen, gesunde Harmonik, solide Rhythmik«.

Die Uraufführung des Streichquartetts fand statt im kleinen Saal der Akademie der Künste am Pariser Platz. Der 23-jährige Komponist stellte sich den etwa dreißig Besuchern kurz vor, skizzierte einführend das neue Werk, dankte den Herren des Brandis-Quartetts für ihr Engagement.

Aus einer Würdigung der »Zeitschrift für Musik«: »Zwar bleibt das Klangbild herb, die Linienführung kammermusikalisch, die Instrumentation blockhaft und auf Spaltklang abzielend, aber das tonale Bewusstsein wird differenzierter, Chromatik reichert die Stimmführung an, neobarockes Tonalitätsbewusstsein scheint relativiert. (…) Das betont lineare Denken, das sich am Beginn einer geradezu robusten Polyphonie niederschlägt, ist das Pendant zur Zwölftontechnik, derer sich Herzog, noch ohne darin konsequent unterwiesen zu sein, in seinem ersten Streichquartett bedient.«

Ein Beispiel, kein Einzelfall. Denn recht bald schon nach Rommels Regierungsantritt wurde von einigen avancierten Komponisten versucht, nachzuholen, was unter Hitler und Goebbels undenkbar erschienen war: Einübung in die Tonsprache der Wiener Schule. Entsprechend einer internen Anweisung von Kulturminister Fritzsche stillschweigend geduldet, von einem als »elitär« bezeichneten Publikum gefeiert, wurde nicht nur ein relativ neues kompositorisches Verfahren aufgegriffen, es wurde, indirekt, auch Arnold Schönberg rehabilitiert, der als Jude in der Ära Hitler verfemt, dessen Werk verboten gewesen war.

Ein Musikwissenschaftler, später: »Herzogs früher Umgang mit der Zwölftontechnik ist gleichzeitig ein Stück Kompositionsgeschichte: In der Situation nach dem Regierungswechsel wurde der individuell freizügige Umgang mit der Schönberg'schen Technik punktuell aufgegriffen – ohne zunächst präzises Wissen tasteten sich jüngere Komponisten an ein Verfahren heran, von dem sie sich tragfähige Absicherung ihres Ausdruckswillens erhofften.«

AUF DEM PETERSBERG. Ein fotografisch ergiebiges Motiv: Winston S. Churchill, nicht mehr im halbmilitärischen Mono mit Reißverschluss (»zip«), vielmehr in weiter Hose, lockerem Hemd, einen breitkrempigen Strohhut auf dem massigen Schädel, er sitzt auf einer Terrasse mit Blick hinab ins Rheintal und malt, zuweilen diskret beobachtet von Mitarbeitern der Mandatsregierung hinter Fenstern der weitläufigen Hotelanlage.

Ein Ausschnitt Rheintal im Sommerlicht, wiederholt betrachtet: Man muss das Sujet genau studieren, ehe man es auf Leinwand wiedergibt – sein Konzept! Hier bieten sich die von ihm ohnehin favorisierten hellen, leuchtkräftigen Farben wie von selbst an. Keine Brauntöne, bloß keine ärmlichen Brauntöne, schon gar nicht in Deutschland …! Das Rheintal dort unten, Ziel so vieler britischer Maler, schon seit dem vorigen Jahrhundert, allen voran:

Turner, und nun: auch von britischen Truppen besetzt! Rommel, Rommel, Rommel: hörte auf Monty, hielt still im Westen, konnte sich dafür am Kaspischen Meer austoben, altes Schlachtross!

Winston Spencer späht inspizierend, verifizierend ins Rheintal. Ja, nun sitzt er hier mit dem Rücken zum Geschehen an der Ostfront … Sicheres Bollwerk errichten gegen die rote Flut … Er aber muss sich um den Krieg im Osten nicht weiter kümmern, alles endlich mal hinter sich lassen … Beim Pinselführen vergisst er gegenwärtige Plagen und zukünftige Belastungen am leichtesten, schnellsten. Den Geist reinigen! … Kaum hat er ein Bild begonnen, verflüchtigen sich Sorgen und Probleme … Erfahrung nach fast drei Jahrzehnten malerischer Praxis …! Mediterranes Motiv in Monte Carlo: Palmwedel, so prägnant wiedergegeben, dass sie beinah rascheln … Afrikanisches Motiv in Marrakesch: Sonnenuntergang, so bunt schon wie gemalt … Nun das Rheintal … So viele Jahre zuvor allerdings, in denen er vom Malen bloß träumen konnte: Termine, Termine, Termine. Doch nun: Kontur zeichnet sich ab, Leuchtkraft entfaltet sich! Ölfarben, er arbeitete immer schon mit Ölfarben. Haben den Vorteil: Man kann übermalen, kann verschwinden lassen. Generell gesehen, generalisierend gesagt: Es besteht derzeit ein riesiger Bedarf an Ölfarbe!

Gitler kaput?

HIERMIT BEWERBE ICH MICH um den Kurt-Gerstein-Preis für Political Correctness mit der thematischen Vorgabe »Gitler kaput«. Betr. Fund von Hitlerstatuen im Rimbergsee und deren politisch korrekte Behandlung.

Meinen Namen nenne ich hier noch nicht, mein Antrag muss Sie vorab unter rein sachlichen Gesichtspunkten überzeugen. So deute ich lediglich an, dass ich eine Galerie führe, speziell für Metallplastiken. Ursprünglich war ich Kunstschmied. Heute würde es eher heißen: Metallbauer, Fachbereich Metallgestaltung. Ich produzierte nicht bloß die üblichen Kerzenständer, Fenstergitter et cetera, ich führe in meiner Galerie nur künstlerisch gestaltete Metallobjekte – kein Kitsch in Bronze, wie er in Gestalt sogenannt lustiger Figuren zahlreiche Fußgängerzonen okkupiert, erst recht keine Garten-Schnuckiputzis in Bronze, mit denen ich blendende Geschäfte machen könnte. Ich habe mich spezialisiert auf Klangskulpturen, sprich: auf klangvolle Metall-Hohlkörper, vielfach ausgestattet mit antennenähnlichen »Tentakeln«. Diese künstlerisch wertvollen Metallarbeiten können in langanhaltende Schwingung versetzt werden, durch Betupfen und Beklopfen, durch Knöchelpochen, sanfte Fausthiebe. So werden spezifische Klänge generiert.

Was meine Person noch weitaus interessanter macht: Ich bin versierter Taucher. In dieser Eigenschaft habe ich die Hitlerstatuen im Rimbergsee aufgespürt, und zwar vermittels einer spezifisch hochfrequenten Wahrnehmungsfähigkeit, zu der ergänzende Ausführungen bald folgen werden.

Vorab jedoch dies: Zwei der drei Bronzestatuen gegenüber habe ich mich als verantwortungsbewusster Bürger erwiesen, was schließlich, letztlich, letztendlich die Aktion auslöste, als deren Opfer ich mich bezeichnen darf, insofern als mir ein Kopfleiden zugefügt wurde durch eine Magnetspulen-Apparatur, fast möchte ich sagen und schreiben: eine Magnetspulen-Höllenmaschine, zu der gleichfalls eine Beschreibung folgen wird. Alles konsequent der Reihe nach! Einleitend oder überleitend darf ich in gebotener Kürze erst einmal berichten von meiner frühen inneren Bindung an das Metall.

Als meine Eltern ausgebombt wurden, in Berlin-Zehlendorf, lebte die Familie – mein Vater war seit anno 17 Kriegsinvalide – auf einem Hausboot. Dies übrigens auch noch in den ersten Nachkriegsjahren. Hier setzen denn meine Erinnerungen ein.

Es war ein Lastensegler aus dem Jahre 1906, in den Abmessungen ausgerichtet auf die Kapazität des Schiffshebewerks im Finowkanal Havel-Oder, im Terminus der Binnenschifffahrt: ein Finow-Maß-Kahn. Selbstverständlich abgetakelt. Im Winter fußkalt, im Sommer ofenheiß. Ob bibbernd oder schwitzend – als Kind fühlte ich mich heimisch an Bord, in meiner Kammer. Wie zur Belohnung respektive Bestätigung erreichten mich spezielle Botschaften aus dem Wasser. Das schlippte, klatschte nicht bloß an die Stahlwände, es wiederholten sich auch Klopfzeichen, die nur mir gelten konnten, Klopfzeichen eines Havel-Klabautermanns, mit dem obligaten Hämmerchen an den Schiffsrumpf geschlagen, genau unter meinem Bett. Vater wie Mutter waren auf diesem Ohr taub, meine Schwester ebenso. Für mich jedoch war hier so etwas wie eine Urkonstellation: Wasser, Metall … Hämmern, Klopfen … Metall und Wasser … Ich wurde ohrenkundig … Geheime Botschaften … Nur ich konnte sie decodieren. Den vermittelten Inhalt verrate ich allerdings nicht: Datenschutz!

Nur dies noch: ich habe diese Erfahrung später vergeistigt. Mein Lieblingsstück wurde die Schmiedeszene aus der Oper »Rheingold« des von mir über die Maßen verehrten Richard Wagner, vorzugsweise in der wuchtigen Interpretation durch Wilhelm Furtwängler, in einer historischen Aufnahme von 1938.

Was mein frühes Metall-Wasser-Heim im Finow-Maß-Kahn betrifft: bei einem Ortstermin ließe sich leichthin verifizieren, dass meine Darstellung wahrheitsgetreu ist. Der Kahn, mit seinen vierzig Metern Länge ein verlockendes Ziel, ist in der Schlussphase des Krieges zwar beschossen, nicht aber versenkt worden. So liegt er nach wie vor am Ufer der Havel, mittlerweile als Feriendomizil neuer Besitzer – in die Seitenwand wurden Fenster eingebaut, auch wurde an Deck eine Baracke errichtet. Erst kürzlich noch bot sich mir die Gelegenheit, mit meiner Lebensabschnittsgefährtin dieses Relikt meiner Kindheit vom Ufer aus betrachten zu können, nachdenklich gestimmt. (Fortsetzung folgt)

[AUS EINER WEITEREN EINGABE] Wie Ihnen beiliegende Fotos zeigen, bin ich im Besitz einer Hitlerbüste, die mich in direkten Bezug zu der von Ihnen vorgegebenen Thematik setzt: »Gitler kaput«.

Diese Original-Bronzebüste dürfte aus dem Amtsraum etwa eines Gauleiters stammen, wurde dort von einem russischen Soldaten erbeutet, der sie, wie ebenfalls fotografisch dokumentiert, unter dem Arm davontrug, sicherlich mit dem damals üblichen Ruf: »Gitler kaput!« Die Büste fand denn ihren Weg nach Weißrussland; ich habe sie auf dem Schwarzmarkt von Minsk erworben, gegen harte Valuta. Seither sehe ich eine zwingende Verpflichtung darin, das Herumtragen dieser Büste durch den namenlosen Soldaten der Sowjetarmee fortzusetzen in heimischem Ambiente, dies unter Wiederholungen des Rufes »Gitler kaput!«

Ja, ich darf mit Fug und Recht von mir behaupten, dass ich die allseits geforderte Zivilcourage gezeigt habe, indem ich mit der Hitlerbüste unter dem Arm in Stadtvierteln umherging, in denen der Anteil an Rechtsradikalen besonders hoch ist; auf diese Weise dürfte ich eine sicherlich heilsame Verwirrung gestiftet haben. So manchem Glatzkopf in Bomberblouson und Springerstiefeln erstarb der Sieg-Heil-Ruf auf den Lippen, sobald er näher hinschaute und sich damit der Vergänglichkeit auch jener Macht bewusst wurde. Ja, es erhob sich schon mal ein Arm zum Deutschen Gruß, doch ließ man den Arm bei genauerem Hinsehen sogleich wieder sinken. Allerdings wurden mir auch mal Prügel angedroht, ich aber schritt unbeirrt dahin, wahrscheinlich durch meine robust wirkende körperliche Erscheinung vor spontanen Übergriffen geschützt.

So manchem Zeitgenossen, sonst des Denkens ungewohnt, habe ich somit heilsame Denkanstöße vermittelt, deren Nachhaltigkeit mit Sicherheit verstärkt würde durch eine öffentliche Anerkennung seitens Ihres Gremiums. Die Preisverleihung wäre ja sicherlich verbunden mit einer weitgestreuten Publikation der beigefügten Fotos – was den erwünschten Effekt letztlich nur unterstützen, ja fördern könnte. Direkter, eindringlicher, eindrucksvoller könnte die Floskel »Gitler kaput« jedenfalls nicht eingelöst, nicht umgesetzt werden. Und so könnte ich mir – nach den zuweilen belächelten, aber auch geschmähten Rundgängen mit der Hitlerbüste unter dem Arm – insgeheim sagen: Und du hast doch gesiegt.

ICH DARF WEITERFÜHREND BERICHTEN, dass ich mit meiner Lebensabschnittsgefährtin vor zwei Jahren Urlaub machte in Mecklenburg-Vorpommern, und zwar in Altenhof am Belower See. Abends, nach dem obligatorischen Wandern und Schwimmen, saßen wir des Öfteren im Dorfkrug. Damit kam unter Stammgästen unausweichlich die Frage auf: »Und was machen Sie?« Ich sah keinen Grund, mich nicht als »Metaller« zu outen.

Sogleich rückten drei, vier der Gäste näher an unseren Tisch heran. Also, das würde sich ja hervorragend treffen, es gebe da nämlich ein gewisses Denkmal in einem lokalen Depot, und zwar für Felix Lützkendorf, seinerzeit ansässig in Altenhof. Ein hochdekorierter Jagdflieger; ihm war 1942 trotz Materialknappheit ein Denkmal gesetzt worden aus purer Bronze – bei seinen Einsätzen im Osten hatte Lützkendorf insgesamt 87 russische Jagdflugzeuge (Ratas) »vom Himmel geholt«. Nach dem Krieg wurde das Denkmal auf Weisung der Sowjet-Kommandantur vom Sockel gehoben. Ein Jahr nach der Wende wollte das Dorfkollektiv es wieder aufgestellt sehen, doch der neue Landrat, ausgerechnet ein Mann aus Württemberg, glaubte, dies unterbinden zu müssen. Nun wollte man meine Meinung hören, als »Mann vom Fach«. Ich schob die Antwort auf, musste erst einmal das Denkmal in Augenschein nehmen.

Gleich am nächsten Tag wurde ich in eine Remise geführt. Dort war die Bronzefigur eher aufgestellt als abgestellt. Heroisierende Gestaltung im NS-Stil. »Und, was halten Sie davon?« Meine Antwort, spontan: »An die Chinesen verkaufen, die brauchen jede Menge Buntmetall. Oder gleich einschmelzen!« Das wurde mir sehr verübelt, das Binnenklima kühlte schlagartig ab, ich fühlte mich als »Roter« abgestempelt. Und es kam zum Zwischenfall mit der simulierten Wasserleiche!

Ich hatte mich – und dies, ich muss es betonen, noch *vor* dem Denkmals-Eklat – im Dorfkrug nach einem diskreten Platz zum Nacktbaden erkundigt. Seit DDR-Urzeiten war auch am Belower See Nacktbaden sehr beliebt, mir aber war die Uferszene zu sehr beherrscht von, pardon, alten Säcken. Wir erhielten einen Tipp: kleiner Einschnitt im Schilfgürtel des Gegenufers, genau zu orten durch einen Mobilfunkmast in der Blickperspektive.

Kurze Zwischenbemerkung: Meine Gefährtin ist ein wenig »gschamig«. Generell hat sie nichts zu verbergen, nur besteht eine geringfügige Unregelmäßigkeit, die man bei vollständiger Bekleidung nicht wahrnimmt: der eine Busen ist ein wenig größer als der andere oder: der andere ein wenig kleiner als der eine. Sie hat »oben ohne« das Gefühl, sie würde allzu viele Blicke auf sich ziehen. Dabei – und dies sagte ich ihr nicht nur damals – dabei ist das eine so charmante kleine Asymmetrie … Aber gut, leihen wir uns ein Boot, ich rudre über den See, allzu groß ist er ja nicht, drüben im Schilfgürtel steigst du ins Wasser, und ich halte Wache.

Der besagte Einschnitt im Schilfgürtel lag, genau wie beschrieben, einen kräftigen Steinwurf entfernt vom Vereinshaus eines Angelsportvereins; angegliedert ein Platz mit Wohnwagen; auf den Dächern jeweils ein Satellitenschüsselchen. Diese Szenerie war freilich seeseitig von Schilf gnädig verdeckt. So stieg meine Gefährtin nackt aus dem Kahn, stapfte ins Offene. Als sie ein Stück hinter dem Boot war, trat sie auf etwas, das sich massiv anfühlte, jedoch nicht wie ein alter Baumstamm oder Ähnliches. Das war ihr unheimlich, sie gleich zurück zum Boot. Bitte, sagte ich, dann steig wieder ein. Und ich ins modrige Wasser; nach ein paar Schritten stieß ich ebenfalls an das

Hindernis. Etwas mit Beinen …?! Es kam nun auch mir unheimlich vor, doch ich wollte mich vor der Gefährtin nicht blamieren, ging der Sache auf den Grund, tastete das obskure Objekt ab. Tatsächlich: eine Menschenfigur, in der Mitte von Draht umwickelt. Daran kriegte ich das Objekt zu packen, schleifte es auf den halb elastischen, halb festen Untergrund, legte es ab.

Eine männliche, unbekleidete Schaufensterfigur, stilistisch aus DDR-Zeiten. In den Augenpositionen zwei Löcher, reingemeißelt. Tiefe Löcher auch auf Höhe der Ohren – der Kopf insgesamt grob verunstaltet. Zudem waren die Arme an den Körper gelegt, durch einen Drahtkranz symbolisch gefesselt. Wir drehten die Figur auf den Bauch. Und sahen zwischen Nacken und Hintern die wasserfeste Aufschrift: »Ein Warnschuss von Flieger-Ass Lützkendorf!«

Das war deutlich genug! Die wussten schließlich im Dorf, wo wir ins Wasser gehen wollten – die demonstrativ verunstaltete Figur war also genau platziert. In einem Mafia-Film wäre ein abgeschnittenes Schweineohr auf ein Kopfkissen gelegt oder ein blutiges Organ unter eine Bettdecke gesteckt worden.

Schon während ich die bibbernde Gefährtin zurückruderte, reifte in mir der Entschluss, die Herkunft der Denkmalsfigur zu klären. Ich teile hier denn auch gleich in gebotener Kürze mit, was ich herausgefunden habe bei meinen kurz darauf in Waren an der Müritz sowie in Wittstock erfolgenden Recherchen.

Der Bildhauer, der Lützkendorf zur Darstellung gebracht hatte, war Karl-Heinz Thorak, ein Neffe des »Staatsbildhauers« Josef Thorak, jenes Spezialisten für die Erstellung heroisierender Riesenlümmel (ich darf mich ausnahmsweise politisch inkorrekt ausdrücken). K. H. Thorak war in seiner Grundhaltung nicht eindeutig einzuordnen. Zeitweilig bekannt wurde er durch den Entwurf eines sogenannten Heroendenkmals: Hitler zwischen Alexander dem Großen zur Rechten und Napoleon zur Linken. Das Projekt wurde vorgestellt in einem illustrierten Artikel der Zeitschrift »Die Kunst im Deutschen Reich« (»Herausgegeben vom Beauftragten des Führers für die Überwachung der gesamten geistigen und weltanschaulichen Schulung und Erziehung der NSDAP«). Von Parteibonzen daraufhin enthusiastisch begrüßt, wurde der Entwurf dennoch nicht realisiert. Man schien sich einer gewissen Doppeldeutigkeit bewusst zu werden: Beide Begleitfiguren hatten, vereinfacht gesagt, über die Stränge geschlagen. Alexander war an der Eroberung des indischen Raumes gescheitert, Napoleon an der Eroberung Russlands – und beide Regionen hatte Adolf Hitler gleichfalls ins Auge gefasst! Zur Darstellung gekommen wäre mit dem Dreierdenkmal demnach der Anfang vom Ende – das Trio der Welteroberer als Trio von Weltvernichtern. Eine Deutung, die sich allerdings erst aus zeitlicher Distanz ergab.

Anfang der vierziger Jahre erhielt K. H. Thorak den Auftrag, eine Hitlerstatue zu »schaffen«. Sie wurde nach einigen parteiintern diktierten Änderungen schließlich gegossen – infolge kriegsbedingter Materialknappheit

177

wurden dafür drei Kirchenglocken des 17. Jahrhunderts eingeschmolzen. (Laut Kartei der Glockenerfassung im zentralen Sammellager Hamburg.)

Dies war nur ein Anfang: aus drei Exemplaren sollten schließlich, letztlich, letztendlich zweiunddreißig identische Statuen werden, in einer ersten Phase. Dies in Ausführung eines Goebbels-Plans: Die Figuren der Kurfürsten, Könige, Kaiser, seinerzeit in der Berliner Siegesallee des Tiergartenparks aufgestellt, sechzehn Denkmäler zur Linken, sechzehn zur Rechten, sie sollten von den Sockeln gehoben und jeweils durch eine Bronzekopie der Hitlerstatue ersetzt werden. Dies für jeden der in »Sondermeldungen« gefeierten Siege der Wehrmacht nach »Großkampftagen«.

Albrecht der Bär auf seinem Sockel: durch Hitlerstatue ersetzt. Anschließend sollte Waldemar der Große seinen Standplatz für Hitler räumen. Nach einer erneuten Siegesserie: Otto der Erste, Otto der Zweite, Otto der Dritte runter vom Sockel, identische Hitlerstatuen drauf! Und keine Schonung vorgesehen für Heinrich das Kind, für Otto den Faulen: runter vom Sockel, Hitler drauf. Weiter, der Reihe nach: Kurfürst Johann Georg und Kurfürst Johann Sigismund und Kurfürst Georg Wilhelm und Kurfürst Friedrich Wilhelm – von den Sockeln gehoben, durch Hitlerstatuen ersetzt. Als Gesamtperspektive: die Hitler-Siegesallee sollte nach dem »Endsieg« in breiter Schneise durch das Berliner Stadtgebiet weitergeführt werden, womöglich über die Stadtgrenze hinaus in den märkischen Sand von Halensee. Für diese Hitler-Siegesallee sollte der gesamte Bestand noch nicht zu Rüstungs-zwecken (Kupfergewinnung!) beschlagnahmter Kirchen-glocken vom 14. bis zum 19. Jahrhundert eingeschmolzen werden. (Siehe Bestandslisten des Provinzialkonservators für Abnahme und Inventarisierung der Glocken.)

So weit die Planung, laut Dokumenten. Und ich stand vor der Frage: Wo sind die drei ersten Bronzeabgüsse der Hitlerstatue von Karl-Heinz Thorak geblieben? (Fortset-zung folgt)

[AUS EINER WEITEREN EINGABE] Ich darf dem hohen Gre-mium einleitend berichten von einer Aktion, die es wert gewesen wäre, vor laufender Kamera zu erfolgen.

Mein Vater war Lüftungswart im Führerbunker unter dem Garten der Reichskanzlei und hatte demgemäß auch Zutritt zu der von Bomben zwar nicht zerstörten, aber demolierten Reichskanzlei – Hitlers saalgroßer Arbeits-raum war auf magische Weise von Bomben ausgespart worden. So war denn auch die übergroße Hitlerbüste auf dem Sockel geblieben vermittels derer sich Hitler, von der bekanntlich nur gelegentlich stattfindenden Arbeit am Schreibtisch aufblickend, ins monumentalisierte Gesicht blicken konnte. Es handelte sich um eine Büste, die der italienische Außenminister Ciano bei einem seiner Berlin-Termine im Auftrag des Duce überbracht hatte. Während sich Mussolini infolge massenhafter Verbreitung seiner Büste in Italien überwiegend mit Ausführungen in Stahl-blech begnügen musste, bestand diese Büste aus Bronze, und zwar aus Bronze hochspezifischer Art: Objekte aus der Bronzezeit waren eingeschmolzen worden, um den Ewigkeitsanspruch des Neugusses zu dokumentieren: Achskappen und Speichenräder, Prunknadeln und Trensenknebel; Armspiralen, Schaukelringe; Siebtasse, Mischgefäß; Brustblech und Antennenschwert …

Mein Vater nun hatte Folgendes geplant: Bevor die kostbare Büste von russischen Eroberern konfisziert und abtransportiert wird, soll sie vor den Augen ausgewählter Zeugen gesprengt werden. Die technische Ausführung wäre meinem Vater leichtgefallen, er hatte Zugriff auf englischen Plastiksprengstoff. Er hätte denn von unten her den Kopf mit Sprengstoff gefüllt, hätte eine Zündschnur zum Eingang des Saales verlegt, hätte, vor den Augen der in sicherem Abstand postierten Gäste, die Sprengung vollzogen. Da niemand Augenzeuge von Hitlers schmählichem Ende war, hätte es auf diese Weise symbolisch vergegenwärtigt werden können.

Die Ausführung des Plans war leider verhindert worden durch den überraschenden Zugriff eines Mitarbeiters der von Bomben gleichfalls ausgesparten italienischen Botschaft am Tiergarten; er ließ die Büste abholen. In Italien sollte sie eingeschmolzen werden zur Herstellung von Repliken der Gebrauchsgegenstände, Schmuckstücke, Waffen, die man seinerzeit in übergeordnetem Interesse eingeschmolzen hatte.

Doch was blieb, war das Konzept meines Vaters, das ich hiermit, wenn auch selbst schon einigermaßen betagt, aufgreifen und realisieren möchte. Der ursprünglich als einmalig intendierte Akt könnte umgesetzt werden in das

Ritual eines »Gitler kaput«, das sichtbar vor Augen führt, was sonst nur Slogan bliebe. So mache ich hier, im Namen des leider verstorbenen Vaters, zur Begründung meiner Bewerbung um den Kurt-Gerstein-Preis den Vorschlag, die seinerzeit verhinderte Sprengung in festen Zeitabständen vor zahlendem Publikum zu ritualisieren. Selbstverständlich würden aus Kostengründen nicht Repliken der Bronzebüste gesprengt, es ließe sich durchaus eine Serie von Betonköpfen in Auftrag geben, mit bronzeähnlichem Anstrich versehen; ihre regelmäßig erfolgenden Sprengungen würden jeweils schlagartige Erkenntnis erzwingen.

Am wirkungsvollsten zu vollziehen wäre das »Unternehmen Knallkopf« (ironisierender Arbeitstitel) in einem detailgetreuen Nachbau von Hitlers Arbeitssaal. Dies allein schon würde reges Publikumsinteresse wecken und wahren.

Der Ablauf in etwa wie folgt: Die zahlenden Zuschauer nehmen Platz hinter einer Panzerglasplatte; dort können sie in angemessener Ruhe erst einmal die Replik des Saales sowie die Imitation der Büste betrachten, eingestimmt durch die klangmächtige Einspielung des »Walkürenritts« von Richard Wagner. Sodann, nach einem in Steinbrüchen üblichen Hornsignal, die Sprengung der Büstenreplik. So würde die Erinnerung an die Untaten, die aus jenem Kopf hervorgingen, wachgehalten, was entschieden zur staatsbürgerlichen Erziehung vor allem jüngerer Menschen im Sinne des Gremiums und der thematischen Vorgabe des Preises beitragen würde.

BEI MEINEN KONSEQUENT BETRIEBENEN ARCHIVSTUDIEN stieß ich, scheinbar zufällig, aber letztlich doch schicksalhaft, auf protokollähnliche Aufzeichnungen zur Versenkung des, wie ich schon mal scherzhaft sage: NS-Nibelungenhorts im Rimbergsee.

März 1945, kurz vor »Toresschluss«, wurde von Pionieren der Wehrmacht Thoraks Hitlerstatue in ihrer dreifachen Ausführung (1/3, 2/3, 3/3) vor der anrückenden Roten Armee in Sicherheit gebracht, sprich: vom Zwischendepot Wittstock westwärts ausgelagert, und zwar auf das Werksgelände des ehemaligen »Glockenfriedhofs« der Bleihütte Kall-Stürzerhof. Kurz darauf wurden die Statuen, laut Diensttagebuch der Pioniereinheit, im Rahmen einer Nacht- und Nebelaktion im Rimbergsee versenkt. Hinzu kam das goldene Prunkgeschirr von Reichsmarschall Hermann Göring. Wobei auf dem Begleitformular allerdings vermerkt war: »Tafelsilber«. Auch hier eins der Wörter, die hinter der Entwicklung zurückgeblieben waren – als hätte sich ein Göring mit Silber zufriedengegeben! Jedenfalls: auch sein Goldgeschirr wurde im See versenkt. Die Koordinaten waren im Lageplan verschlüsselt wiedergegeben – besagte Objekte sollten nach dem »Endsieg« (Einsatz von »Wunderwaffen«!) wieder gehoben werden.

Als Erstes holte ich, assistiert von der ins Geheimnis eingeweihten Gefährtin, Probestücke des Goldgeschirrs an die Oberfläche. Die Kisten mit dem Goldservice (eingeprägte Luftwaffenadler) waren längst verrottet; so sind die Tassen, die goldenen, mit Schlick gefüllt, sind die Pokale, die güldenen, bis zum Rand voller Schlick, sind die ausladenden Suppenteller gestrichen voll Schlick, und all die Gabeln und Löffel, ebenfalls pures Gold, stecken im Schlick. Meine Gefährtin hat die Probeexemplare gereinigt, wir haben uns am Ufer ein Picknick genehmigt. Einmal von goldenen Tellern speisen, einmal aus goldenen Bechern trinken, um zu spüren, zu erfahren, zu erleben, wie verächtlich so etwas ist, wie anmaßend ... Die Gefährtin hat Goldteller, Goldbecher, Goldgabeln gespült, bevor ich sie ordnungsgemäß wieder dem Schlick übergab, mit der mir eigenen Sorgfalt exakt an der Fundstelle. Nicht mal einen goldenen Salzstreuer mit Adler-Prägung haben wir eingesteckt. Erstens, weil meine Grundhaltung von Haus aus politisch korrekt ist – sonst würde ich kaum wagen, mich um den ausgeschriebenen Preis zu bewerben –, zweitens, weil eher lebensgroße Statuen bei mir auf lebendiges Interesse stoßen.

Nach dem Präludium mit Goldgeschirr und Goldbesteck nun zum Hauptposten des NS-Nibelungenhorts! Die Abgüsse der Hitlerstatue des K. H. Thorak waren im Verlauf der Jahrzehnte mindestens eine Spanne abgesunken im Sediment des Seegrunds. Dennoch habe ich, tauchend und horchend – übrigens ohne Sauerstoffgerät –, die erste der Figuren aufgespürt. Und zwar durch die veränderte Wasser-Binnenresonanz, sprich: durch das spezifische Schlick-Echo auf meine spezielle Sonar-Ortung per Ultraschall.

Zum Technischen: ich bediente mich dabei einer Hundepfeife. Keine Pfeife, wie sie geblasen wird, das dürfte unter Wasser kaum möglich sein, es kam eine piezoelektrische Hundepfeife zum Einsatz. Dieses etwa handflächengroße Gerät hatte ich wasserfest eingepackt; per Handdruck erzeugte ich abtauchend die gewünschten, die benötigten Ultraschallimpulse.

Und wie wurden die reflektierten Echolot-Signale empfangen? Dazu folgende, wahrheitsgetreue Erklärung: Ich besitze die exzeptionelle Fähigkeit, Signale im Ultraschallbereich wahrnehmen zu können. Dies bereits als Kind: Ich konnte, als einziger Bub weit und breit, Fledermausschreie hören. So sendete ich ähnlich schwingende piezoelektrische Ultraschallimpulse aus und lernte rasch die Echos unterscheiden, sprich: ob ein Signal auf puren Schlick trifft oder auf Schlick mit Metalleinschluss.

Erst eines von zirka hundert hochfrequenten Unterwassersignalen löste schließlich die Resonanz aus, die mir signalisierte: An diesem Punkt befindet sich ein gestrecktes, mit Extremitäten versehenes Objekt.

Zugleich eine überraschende Begleiterscheinung! Ich habe nicht nur das Wunder vollbracht, Hitlerstatue Numero eins am Seegrund zu orten, ich habe im hohlen Metallkörper Echos dessen ausgelöst, was zu Adolfs Zeiten über die fast allerorten, auch in Atelier und Gießerei aufgestellten Lautsprecher schwingungsmäßig den Bronzefiguren vermittelt und in ihnen festgehalten wurde. Ich versuchte mich in die erst einmal unartikuliert scheinende Lautfolge einzuhören, die gleichsam aus hohlem Bauch ertönte. Diese, nun ja: Transposition gelang mir denn auch, trotz der schlechten akustischen Voraussetzungen der überwiegend hinausgebrüllten Reden. Zur Transposition dürfte beigetragen haben, dass ich einige Übung darin habe, aus Metallplastiken gewisse Klänge herauszuhören. Doch wie auch immer: ein letztlich magischer Vorgang ließ mich Hitlers Stimme vernehmen: »Woher kommt es denn, dass der Mensch den Schrei des Käuzchens nicht liebt? Das muss doch irgendeinen Grund haben! Im Urwald muss ja ein furchtbares Gebrüll sein!«

Unter rapid erhöhtem Adrenalinspiegel setzte ich eine Markierung: Miniboje mit Wurfanker. Bin dann, nach ausführlichem Luftholen, noch tiefer hinabgetaucht. Dabei entstand beträchtlicher Druck auf die Trommelfelle, ich muss schon sagen! Vielleicht bin ich letztlich ein paar Mal zu oft hinabgetaucht, aber es hat sich gelohnt, beim Donnergott Thor, es hat sich gelohnt! Mit allem mir zur Verfügung stehenden Sachverstand gelang mir, von patenter Hand assistiert, die Bergung von Bronzeguss eins. Wie das im Detail verlief, brauche ich an dieser Stelle nicht darzulegen. Hier gleich das Ergebnis.

Die Statue war – trotz Kriegswirren und damit erheblich gefährdeter Transportwege – in keinster Weise deformiert. Gerade deshalb konnte, sollte, durfte sie der Öffentlichkeit nicht vorgestellt werden, die Statue hätte womöglich Objekt erneuter Verehrung werden können. So musste ich, unter vorläufiger Umgehung des Amtes für Denkmalpflege, quasi konspirativ agieren. Im Anhänger transportierte ich die von Decken umhüllte Statue nach Hause, schleppte sie in meine Werkstatt. Als Erstes trennte ich mit der Elektrofräse das linke Bein ab. Danach den rechten, zum Deutschen Gruß erhobenen Arm. Sodann habe ich, und zwar von oben nach unten, den Kopf gespalten, sprich: halbiert.

Damit die abgetrennten Teile in unbefugtem Zugriff nicht wieder zusammengesetzt werden konnten, was für Fachleute meines Schlags kein Problem wäre, habe ich sie maximal voneinander entfernt. Zuerst habe ich das linke Bein in den Kofferraum gewuchtet und in einem heute noch abgelegenen Spessart-Tal verscharrt. Habe, einige Tage später, den zum Deutschen Gruß hochgereckten Arm verfrachtet und im Gebiet der seinerzeit geplanten »Alpenfestung« auf Nimmerwiedersehen in einer Felsspalte verschwinden lassen. Habe den separierten Teil des Schädels bei nächtlicher Seebestattung in der Deutschen Bucht versenkt, ohne die Koordinaten zu notieren.

Damit auch dieser nächtliche Schlussakt nicht stillos verlief, habe ich auf See den Arm zum Deutschen Gruß erhoben. Höchstens mit einem Nachtsichtgerät hätte man das wahrnehmen können, grün in grün – und nicht, um die Schilderung des Geschehens mit einem kleinen Scherz aufzulockern: braun in braun. Dieser letzte Gruß wurde mit angemessen ironischer Grundhaltung entboten – scheint es notwendig, dies zu betonen?

Und das Ergebnis meiner Aktion: Auch mit vereinten Kräften wird die Rimberg-Fronde nie mehr zusammenkriegen, was ich zwischen Alpen, Spessart und Helgoland verteilt, versteckt, versenkt habe. Den einbeinigen, einarmigen Rest des Bronzegusses mit seiner halbierten Schädelform habe ich im doppelt verschließbaren Keller eingelagert. Die ohnehin verstärkte Kellertür kriegt man nicht mal mit Springerstiefeln eingetreten – da hilft auch kein sächsisches oder bayrisches Sieg-Heil-Gebrüll. (Fortsetzung folgt)

[AUS EINER WEITEREN EINGABE] Ich darf Ihnen, den Statuten Ihrer Ausschreibung gemäß, somit den vorgegebenen Umfang wahrend, die Schlussphase einer Filmerzählung vorlegen unter dem Titel: »Gitler kaput«. Eine öffentliche Würdigung des Projekts durch Ihr Gremium könnte die Filmförderung aktivieren und womöglich eine Produktionsfirma motivieren, dieses Vorhaben zu realisieren. Ein Vorhaben, das von gesellschaftlicher Relevanz sein dürfte: Hitlers oft beschworenes Ende wird entmythologisiert!

Ich gehe aus von der Überzeugung, dass Hitlers Ende unter mehreren Metern Stahlbeton inadäquat war. Indem er sich die Zyankalikapsel, zugleich den Pistolenlauf in den Mund schob, stahl er sich gleichsam davon. Und es stellt sich die Frage: Musste sein Tod partout erfolgen unter der größten Grabplatte der Menschheitsgeschichte? Allein die Luft dort unten! Trümmerstaub vom Gebläse angesaugt nach Granateinschlägen in der Nähe, beißender Schwefelgestank, der Luftfilter wiederholt verstopft von märkischem Sand, zuweilen vermischt mit Uniform- und Fleischfetzen. Passende Begleitumstände seines Abgangs, nachdem er die Welt in Brand gesetzt hatte? Was die Geschichte uns schuldig blieb, soll meine Geschichte ausgleichen.

Meine Fiktion geht aus von Fakten. Wenige Tage vor

seinem ebenso schmählichen wie schändlichen Selbstmord hatte der Führer als Tagtraum entworfen: Er will auf den Stufen der Reichskanzlei fallen mit der Waffe in der Hand. Hier setze ich an.

Hitler rafft sich auf im Gefechtsstand der Festung Berlin, schreitet zur letzten Aktion, die er der Geschichte schuldig geblieben ist. Meine Filmerzählung führt aus, was nicht zur Ausführung gelangt war, aus diversen Gründen. Ich kann im Folgenden nur den Schluss meines Szenarios wiedergeben, in raffender Nacherzählung.

Der Führer verlässt den Bunker in seiner Ausgehuniform, Schirmmütze auf dem Kopf, Waffe in der Hand – eine Panzerfaust, sie gibt optisch am meisten her.

Hitler geht sodann in Deckung in einer der Ruinen rings um den Führerbunker, etwa – um den Grad der bewussten Überzeichnung anzudeuten – im Trümmerhaufen des Hauses, in dem Max Liebermann gelebt und gemalt hatte, gleich neben dem Brandenburger Tor. Im Vorfeld, Richtung Tiergarten: Leichen von Hitlerjungen und Soldaten, krepierte Zugpferde, zerfetzte Flüchtlingswagen, schreiende, brüllende Verwundete. Der Führer, Naheinstellung, schließt kurz die Augen, doch sobald russische Panzer herandröhnen auf der Ost-West-Achse, T 34, T 34, T 34, legt er die Panzerfaust an.

Vor dem Brandenburger Tor schwenkt einer der T 34 ab in Richtung Reichstagsruine, zeigt die verwundbare Flanke, der Führer betätigt den Abzug, Qualmwolke hinter ihm, Feuerball voraus, jäh aufsteigender Rauch, doch zugleich: Der Feuerstrahl aus einem der T 34 geortet, der Panzerkommandant entdeckt mit dem Feldstecher den Mann mit der bekannten Schirmmütze, dem charakteristischen Schnauzbart: Gitler, Gitler …! An alle, per Funk: Gitler dort drüben, Gitler mit Panzerfaust, Feuer frei auf Gitler!

Und sämtliche in der Ost-West-Allee herandröhnenden Panzer des westlichen Umschließungssektors richten ihre Kanonen auf den präzis bestimmten, fehlerfrei weitergemeldeten Koordinatenpunkt, Hitler unter Beschuss genommen in einer enormen Konzentration von Feuerkraft: Panzerkanonen, Salven-Raketenwerfer, Flachbahngeschütze, Sturmgeschütze – ja, alles, was die Rote Armee in Berlin-Mitte an schweren Waffen aufzubieten hat: umgehend herangeschafft und massiert zum Einsatz gebracht im konzentrischen Feuer auf Hitler. Könnte der Vernichter eindrucksvoller und nachhaltiger vernichtet werden?

Das Feuer wird eingestellt, Stille setzt ein, Totenstille. Dann ein Ruf, über die noch rauchenden Trümmer hinweg: Gitler kaput! Der Ruf breitet sich aus wie ein Lauffeuer: Gitler kaput!

HIERMIT KOMME ICH zu Bronzefigur zwo/von/drei, gleichfalls im Rimbergsee geortet durch charakteristische Echos auf Signale meiner piezoelektrischen Hundepfeife.

Wie sich bald nach Hebung des Fundstücks erwies, glich die Statue einem Langzeitzünder. An verborgenen Stellen waren nämlich Runen eingraviert. Ich entdeckte sie, als ich die Statue von verhärtetem Schlicksediment

befreite – kontrollierte Grundreinigung mit Hochdruck-
gerät.

Es handelte sich um Runen-Wortzeichen, die etwa folgender Schriftform entsprechen: Ni ... noh ... eino ...
manno. Dieser Runen-Hitler drohte mich posthum in
seinen Bann zu ziehen, ich spürte, dass ich mich auf Dau-
er dem hier ausgehenden Sog kaum entziehen, ihm kaum
widerstehen konnte.

Um die geheime Kraftquelle zu neutralisieren, musste
ich erst einmal in Erfahrung bringen, was jene Runen
bedeuteten, und so habe ich mich in diskretem Crashkurs
runenkundig gemacht. Hier nur so viel: Es handelte sich
um einen NS-adaptierten, sprich: usurpierten Schama-
nenspruch, in dem Wortzeichen folgender Art mitspie-
len, respektive mitwirken: Firivvizzo ... clubodun ...
pivvîsanne ... gavvarchanne.

Bevor ich das heikle Stück zum Abtransport schulterte,
habe ich mir – wie ein Kamikazeflieger – ein beschriftetes
Band vor die Stirn gebunden mit dem Bannspruch: IN-
SPRINC HAPTBANDUN INVAR VIGANDUN. Und
ich nahm die Statue auf die Schulter, natürlich rechts,
schleppte sie zum Anhänger, um sie zum Kaufhaus zu
bringen, das sie – in kritischem Kontext diverser Video-
projektionen – in einem Schaufenster aufstellen wollte, gegen eine angemessene, meine Auslagen in etwa abdecken-
de Leihgebühr. Während der paar Schritte zum Hänger
nun verspürte ich trotz Schutzspruch einen Stich im Kopf.

Gefahr im Verzug! Fatale Ausstrahlung! Die Emanati-
on war so stark, dass sie auch hinter der Schaufenster-

scheibe unweigerlich wirksam bleiben musste. Damit war zu befürchten, fast zu erwarten: schwingungsmäßig übertragene Kontamination von Gehirnen! Als verantwortungsbewusster Bürger musste ich schnellstens umdisponieren. Fragte sich nur, wie.

Es gab einmal die schöne Sitte – inzwischen sicherlich verboten, im Rahmen durchgreifender EU-Normierungen –, dass Paare, »just married«, in geschmücktem Auto mehrere auf Schnur gezogene leere Blechdosen hinter sich herscheppern ließen. Entsprechend hätte ich mit meinem Fahrzeug (four-wheel-drive!) die Hitlerstatue am Seil hinter mir herziehen können – am zweckmäßigsten durch das Stadtviertel, in dem sich zuweilen Neonazis zusammenrotten. Deren unartikuliertes Sieg-Heil-Gebrüll wäre vom Dröhnen der Bronze auf Bitumen – noch besser wäre Kopfstein – hinreichend übertönt respektive überdröhnt worden. Dennoch, die Runen wären auf diese Weise nicht abgeschliffen worden. So blieb nur die eine, unter denkmalpflegerischen Aspekten nicht eben adäquate Lösung: Abguss zwo musste plattgemacht werden, dies im wahrsten Sinne des Wortes.

Allerdings: mit einem Vorschlaghammer einebnen, das wäre letztlich über meine Kräfte gegangen, vor allem seelisch. Schließlich hätte es noch Hitler-Geschrei aus den Hohlräumen des Bronzegusses hervorlocken können. So kam ich auf die geniale Idee, die Strafaktion an der durch Runen kontaminierten Statue von einem Bulldozer oder Caterpillar durchführen zu lassen.

Bevor ich losfuhr zum Schreddern, habe ich – in Anlehnung an das Ritual der Leichenwaschung – den Abguss einer weiteren Reinigung unterzogen, entsprechend dem Ehrenkodex der Metallerzunft. Ich wollte mir später kein Versäumnis nachsagen lassen – was dann aber doch geschah. Dabei habe ich mit aller gebotenen, die Epidermis schonenden Sorgfalt gearbeitet, habe Polarwachs bei Heißluft mit der Naturhaarbürste aufgetragen, abschließend die Lappenverdichtung, habe einen Restaurierungsbericht verfasst samt Fotodokumentation, habe die Bronzestatue in eine Decke gehüllt und in den Anhänger gelegt, habe Fotoapparat und Camcorder eingepackt, bin losgefahren zur nächsten Straßenbaustelle. Während ich sonst den Eindruck hatte, landesweit reihe sich Baustelle an Baustelle, wurde ich nun quasi enttäuscht: ich habe mir fast den Wolf gesessen auf der Suchfahrt nach einer Straßenbaustelle, bei der sich eine Planierraupe im Einsatz befand.

Baustelle eins: nur ein Vermessungstrupp, der mir nicht weiterhelfen konnte. Baustellen zwo und drei: ruhend. Baustelle vier: die Planierraupe war kurz zuvor auf einen Tieflader manövriert worden, ich sah nur noch Rücklichter. Zum Durchhalten gezwungen durch die Runen im Nacken – hera, hapt, heri –, machte ich eine weitere Straßenbaustelle ausfindig, kurz vor Feierabend, der nachmittags oft erstaunlich früh einsetzt. Ich erläuterte dem Fahrer des Bulldozers mein Vorhaben und weckte spontane Begeisterung: Auf so einen Auftrag warte er seit Jahren! Er bat mich nur, die Statue mit der Frontseite nach unten zu legen, er wolle bei der Vollstreckung nicht

192

von Hitlers bannendem Blick getroffen werden. Ich baute das Stativ auf, arretierte den Camcorder, drehte Hitler auf den Bauch, schob ihn vor die rechte – selbstverständlich rechte – Raupe des panzerschweren Geräts, und vor laufender Kamera wurde die Statue plattgewalzt. Ich kann es nicht anders formulieren: Das Metall schrie gleichsam auf, als wären Dutzende, ja Hunderte von Hitlers berüchtigten Wutschreien langfristig komprimiert und schlagartig freigesetzt worden. Es überlief mich eiskalt.

Ergänzend zur Videoaufzeichnung machte ich Abschiedsfotos von der geplätteten Hitlerfigur. Der Verkauf von Bildrechten brachte übrigens eine erkleckliche Summe ein – in der Folge allerdings auch Ärger.

Ich nahm die Platt-Form selbstverständlich mit – es musste vermieden werden, dass sie von unbefugter Seite ausgebeult wurde. Als Beleg respektive Indiz meiner im staatsbürgerlichen Sinne vorbildlichen Aktion legte ich das Artefakt, nach angemessener Selbstüberwindung, schließlich doch der Denkmalsbehörde vor, verbunden mit fundiertem Sachstandsbericht. Die Präsentation führte allerdings zum Debakel.

Das Wort »Debakel« allein vermittelt noch keinen Eindruck. Ich fühlte mich, als würden mir vor angetretener Mannschaft Ehrenzeichen und Orden von der Jacke gerissen. Dabei hätte man mich mit dem Bundesverdienstkreuz auszeichnen sollen, schließlich habe ich mich einer NS-Hinterlassenschaft gegenüber hundertprozentig korrekt verhalten, indem ich sichtbar machte, dass jenes Hitlerphänomen nicht mehr Hand und Fuß haben kann, haben darf, haben soll, haben wird. Ich zeigte Haltung. Der geschredderte Hitler hätte zur Leitfigur werden können im Schulfach Gemeinschaftskunde.

Aber, so wurde mir vom Vertreter der Denkmalsbehörde entgegengehalten, ja entgegengeschleudert: Selbst bei einer Hitlerstatue hat gebotene Sorgfaltspflicht zu walten. Explizit war die Rede von »historischer Relevanz«. Und man wurde unangenehm persönlich: Mit der Demontage im ersten, der Dekonstruktion im zweiten Fall hätte ich dem Berufsstand der Metaller keine Ehre gemacht. Fast fühlte ich mich zum Buntmetalldieb degradiert. (Fortsetzung folgt)

[AUS EINER WEITEREN EINGABE] Mit der hier vorgelegten Bewerbung verbinde ich die Bitte um Unterstützung, die mir durch Vergabe des Kurt-Gerstein-Preises für Political Correctness ideell und materiell gewährt würde.

Um sogleich die Beziehung zu der von Ihrem Gremium vorgegebenen Thematik herzustellen, darf ich kurz berichten, dass ich über eines der renommiertesten Unternehmen der Militaria-Branche nicht nur das Angebot der Paradeuniform des Reichsführers-SS erhielt, die Himmler bei Weihestunden in der Granitkrypta des Quedlinburger Doms getragen hatte, sondern, und dies darf als Sensation sondergleichen gelten: die Hose, in der Adolf Hitler das Attentat im Führerhauptquartier Wolfsschanze überlebt hatte. Wie allgemein bekannt, hat der Führer, im rechten Moment am günstigsten Punkt über

194

Kartenmaterial auf dem Eichenholztisch gebeugt, lediglich Schürfungen davongetragen, zudem geringe Verletzungen durch kleine Holzsplitter in den Unterschenkeln.

Einer seiner Diener (Name liegt vor, soll auf Bitten der Nachkommen hier aber nicht genannt werden), hat Hitler (der sich sonst hinter verschlossener Türe grundsätzlich selbst anzog und umzog) in der Ausnahmesituation beim Auskleiden und Umkleiden geholfen und konnte die streifenförmig zerfetzte, von geringen Blutspuren gezeichnete Hose sicherstellen. Sie wurde in einem Karton zusammengefaltet abgelegt; für die folgenden Jahrzehnte fiel sie der Vergessenheit anheim. Die Erben des vormaligen Dieners entdeckten bei einem Umzug den Karton mit der Hose, die durch ein beiliegendes Zertifikat des SS-Gehilfen als authentisch ausgewiesen war. So wurde das hochkarätige Objekt besagter Militaria-Handlung in Kommission gegeben; ich habe sie dort für einen exorbitanten, meine wohlverdienten Rücklagen fast vollständig aufzehrenden Preis erworben.

Sie werden nun gewiss fragen, wie mit Hitlers Hose weiterhin verfahren werden soll. Meine klare, damit letztlich preiswürdige Antwort: Die Hose muss öffentlich zugänglich gemacht werden. In privatem Rahmen ist das nicht möglich. Andererseits würde sich jedes in diesem Punkt angesprochene Museum zieren, ja winden, die Kuratoren würden in ihrer Verlegenheit womöglich die Echtheit des Zertifikats in Frage stellen, nur um der als lästig empfundenen Entscheidung ausweichen zu können. Doch ich habe, von schicksalhaftem Zufall geleitet, eine angemessene Möglichkeit der Präsentation gefunden.

In unserem Land sind (nach dem Anlegen weitflächiger neuer Anlagen ante portas) zahlreiche, zentral gelegene Friedhöfe früherer Jahrhunderte in Parkanlagen umgewandelt worden. Meist hat man einige Grabdenkmäler der umgewidmeten Anlagen in situ gelassen – durchweg Monumente, die unter Denkmalschutz stehen. Einer der aufgelassenen Friedhöfe nun befindet sich in Düren (einer Kreisstadt zwischen Aachen und Köln, mit mehr als 97 Prozent Vernichtungsgrad an der Spitze der deutschen Bombenkriegs-Verlustliste). Am Rande des heutigen Konrad-Adenauer-Parks sind einige Grabdenkmäler vormals reicher und prominenter Bürger der Stadt erhalten geblieben, unter ihnen, dominierend, ein für das 19. Jahrhundert typisches Familien-Mausoleum, ein in Buntsandsteinquadern errichteter, überkuppter Bau mit einer Eisentür, die zwar mit Namenskürzeln beschmiert wurde, jedoch nicht geöffnet werden konnte. Diese Lokalität würde besten Schutz bieten für das einmalige Exponat.

Das vorherrschende Dämmerlicht des nach Umbettungen leerstehenden Mausoleums könnte direkt und indirekt genutzt werden, da zur Schonung des Textilgewebes starke Lichteinwirkung ohnehin verpönt wäre. Die von einer erfahrenen Textilkonservatorin präparierte Hose würde in einer speziell gefertigten, mit Panzerglas geschützten Vitrine ausgestellt. Zwar markiert die Hose nicht wortwörtlich ein »Gitler kaput«, zumindest aber ein »Gitler fast kaput« – in verschiedener Hinsicht ein interessanter Denkansatz, ja Denkanstoß, der durch Ihre öffentliche Würdigung meines Engagements auf dankenswerteste Weise gefördert werden könnte.

Ich schreibe, was geschrieben werden muss. In diesem Sinne fahre ich fort. Nun denn:

Als wäre die strenge Zurechtweisung durch den Mitarbeiter des Denkmalsamtes nicht belastend genug gewesen, kam es vor der Bergung der dritten Hitlerstatue zum Komplott der NS-Nibelungen-Kamarilla. So tituliere ich die Rimberg-Fronde, jene rechtslastige Gruppierung, die gegen mein Spürorgan, mein supersensorisches Gehör, mit ebenso subversiven wie offensiven Mitteln vorging.

Entweder über eine der – fast schon üblichen – Leckagen im Behördenapparat oder über hinterlistigen Zugriff auf die Datei meines PC hat die Gruppe ausbaldowert, was ich entdeckt hatte: Dass im Rimbergsee eine dritte Hitlerstatue liegt, unter Ausschluss von Sauerstoff konserviert wie eine Moorleiche. Dazu, quasi als Grabbeigabe, des vormaligen Reichsmarschalls goldenes Prunkgeschirr mit Luftwaffenadlerprägung.

Und nun kommt es, sehr verehrte Damen, sehr geehrte Herren der Jury des Kurt-Gerstein-Preises: Jene Kamarilla wollte mich quasi überholen bei der Hebung der beiden Restposten. Ich darf in dem Zusammenhang erwähnen, dass ich mit der Bergung des Goldschatzes mein Unternehmen nachträglich finanzieren wollte – ich beglich die laufenden Unkosten ausschließlich aus meinen bescheidenen Rücklagen. Ein gerechter Ausgleich aber

war mir nicht vergönnt. Es erfolgte jene schändliche Einwirkung auf mein Ultraschall-Resonanzorgan. Insofern
hat Hitler No. 3 im Schlick auch mich geschädigt, über
jugendliche, bereits glatzköpfige Mittelsmänner, die in
Adolfs Ungeist glauben handeln zu dürfen. Die aber
werden blindlings im See herumstochern, geleitet, sprich:
fehlgeleitet von der Wunsch- und Wahnvorstellung: Aus
goldenen Trinkbechern Hitler-Kirschsaft mit Leinsamen-
schrot trinkend, aus goldenen Suppentellern Adolf-Hit-
ler-Dinkelsuppe schöpfend, von flachen Goldtellern
Gerstenauflauf mit Kaperntunke schmatzend, damit Hitlers bekannt unappetitliche Tischsitten nachahmend, will
man sich »Adolf« nah fühlen, die »Augen geradeaus!«
auf die nachpolierte, anschließend womöglich mit Blatt-
gold überzogene Hitlerstatue auf SS-schwarzem Sockel
vor dem pseudodekorativen Hintergrund von Reichskriegsflagge und Hakenkreuzbanner – dies alles in einer
Tropfsteinhöhle respektive in der auf frist- und formge-
rechten Antrag hin geöffneten Granitkrypta des Quedlinburger Doms. Die Refrains der dumpfen Gesänge
könnten aus Krypta wie Höhle herausdringen, labile Personen könnten angelockt werden, sie könnten Fackeln
entzünden, könnten einstimmen in Hassgesänge auf den
Verfassungsstaat et cetera.

Das hat man sich aber gründlich vermasselt! Statue
drei wird am Seegrund bleiben, inklusive Goldgeschirr.
Denn nur ich, ich allein kann sie orten. Doch man hat
mein supersensorisches Gehör, sprich: mein Sondie-
rungsorgan, meinen hellhörigen Detektor außer Gefecht

gesetzt, vor allem in den entscheidend hohen Frequenz-
bereichen. Zerstört vermittels destruktiver Bestrahlung!

In der Anlage ein Foto auch des Indizienbeweises. Die
Bildvorlagen liegen wohl heute noch im Ufergelände:
Spulen, von mir aufgespürt und als solche erkannt! Es
handelt sich, zweckentsprechend, um Spulen von er-
staunlichem Durchmesser – jeweils rund ein Meter!
Scheinbar zufällig lagen sie im Gestrüpp umher, als hätten sie zur Verstärkung irgendwelcher Wildzäune et cetera verwendet werden sollen, aber ich habe die Camou-
flage schlagartig durchschaut. Als Assoziation sogleich
auch der Drahtkranz, der im Belower See die symbolisch
misshandelte DDR-Schaufensterfigur quasi gefesselt
hatte.

Nun frage ich mich, richte die Frage auch an Sie: Besteht möglicherweise eine Verbindung zwischen jener
Dorfgruppierung am Belower und der Kamarilla am
Rimberger See? In Mecklenburg-Vorpommern hatte man
die Figur eindeutig mit Blick auf mich ins Wasser gelegt,
genau vor der avisierten Lücke im Schilfgürtel; im Ufer-
bereich des Rimbergsees wiederum waren die Spulen ge-
zielt auf mich gerichtet – und gewiss nicht gegen einen
der gelegentlich herumrudernden Angler. Und Badegäste
gibt es in jenem schwer zugänglichen Teil des Natur-
schutzgebietes (abgekürzt: NS-Gebiet) Rimberg Nord
schon gar nicht.

Wenn kaum Angler, wenn nicht Schwimmer – besagte
Großspulen-Aktion oder Groß-Spulenaktion konnte nur
mir persönlich gelten. Die Drahtkränze ließen sich näm-

lich so aufstellen, dass sie einen Energiestrahl exakt auf die Stelle richteten, an der ich gewöhnlich ins Wasser stieg und mein Gehör einstimmte auf die Wahrnehmung der Echos meiner piezoelektrischen Hundepfeife. Dies wurde kaltblütig ins Kalkül einbezogen: mein Innehalten am immergleichen Punkt.

An jenem Tag war ich gut aufgelegt. Immerhin konnte ich bereits zwei Drittel des Hebe-Erfolgs verbuchen, und so kam Entspannung zur Spannung. Der Blick auf die Wasserfläche stimmte mich friedfertig, ich dachte zurück an den Finow-Maß-Kahn meiner Kindheit und frühen Jugend, an die geheimen Botschaften des Havel-Klabautermanns. Und so schwebten über die glatte Wasserfläche Klänge heran, Klangfolgen, und ich vernahm das rhythmische Hämmern der Schmiedeszene aus »Rheingold« … Einige, wenige Minuten des Wohlklangs und Wohlgefühls – und genau da schlugen sie zu! Ein gezielter Energiestoß über die als gewöhnliche Drahtrollen getarnten Spulen! Nach meiner intuitiven Erkenntnis waren die so geschaltet, dass Spule 1 kosmische Energie einfing, Spule 2 die Energiestrahlen bündelte, Spule 3 sie im Richtstrahl fokussierte. Sobald ich bis zu den Knien im Wasser stand, wurde das System auf volle Kraft voraus geschaltet, sprich: auf volle Pulle – eine Formulierung, die eher zu denen passt, die mir so brutal eins auf die Ohren gaben.

Ich merkte sofort: Da passiert was! Alarmierendes Klingeln im linken, direkt bestrahlten Ohr … Alarmierende Resonanz im rechten Ohr … Eminent verstärktes Gesamtrauschen … Hohes Zischen, als würde Dampf bei

Überdruck abgelassen … Hinzu kamen veritable Schwindelgefühle – wie sich denken lässt, wirkte die fokussierte Energie zusätzlich ein auf die Gleichgewichtsorgane. Der Impuls so stark, dass es einen inneren Knacks gab. Zweck der Übung: man wollte derart starke Konfusion in mir erzeugen, dass ich unter Wasser nicht mehr gewusst hätte, wo oben und unten ist, ich mich infolgedessen im Schlick verbohrt hätte, auf Nimmerwiedersehen.

Ich konnte noch, unter Aufbietung letzter Nervenkräfte, zum Auto hasten und losfahren. Kaum war ich zu Hause: Hörsturz! Erst links, in voller Stärke, dann rechts, reichlich stark. Meine Hörhöhen – einfach weg! Höhensturz, damit Höllensturz …! Mein Hitlerfiguren-Suchorgan: via Fernbestrahlung abgeschaltet, ausgeschaltet, ruchlos. Folge: Fledermäuse stoßen wie gewohnt Echolot-Suchschreie über mir aus, Insekten ortend, doch ich nehme das nicht mehr wahr. Hundepfeifen, geblasen oder piezoelektrisch betätigt – darauf reagieren nur noch Hunde, zuweilen.

Der Hörsturz wurde auch für die Gefährtin zur Belastung, ihre Klagen haben wiederum mich belastet: Seither Unruhe, ständige Unruhe, vor allem nachts, immer wieder stehe ich auf, laufe umher, als könnte ich auf diese Weise mein Gehör wiederfinden, sprich: die oberen Frequenzen des Gehörs … Raus aus dem Bett, rüber ins Wohnzimmer, hin und her auf dem nachts besonders laut knarrenden Parkett, aber ich konnte ja nicht darüber hinwegschweben, zwischen Tür und Fenster, Fenster und Tür. Und es verlängerte sich die Litanei der Gefährtin:

Ständig dies Aufstehen, Rumgehen, dazu auch noch Rotweinkippen, der in meinem Falle überhaupt nicht dämpft ... Ich sei nah dran, mir auch noch die Leber zu ruinieren ... Nervtötend, das alles sei nervtötend, einfach nervtötend ... Dauernd mein Klagen, mein Gejammer, sie fange schon an mitzujammern, wir würden uns zum Jammerpaar entwickeln, zum Jammerpaar im Jammertal ... Als die Gefährtin weg war, da waren auch die Folgen des Hörsturzes weg, so ziemlich. Der kann sich aber jederzeit wiederholen, das ist halt die Crux.

Folge: Hitlerfigur 3 aus Kirchenglockenbronze verharrt im Schlick ... Goldgeschirr mit Luftwaffenadler-Prägung: verbleibt im Grundsediment. Je länger ich über diesen Vorgang, sprich: Vorfall nachdenke, desto zwingender erscheint mir die geheime Verbindung zwischen Fanatikern am Below-See und Tätern am Rimbergsee. Dies, und ich schreibe das nieder mit vollster Überzeugung, dies als Zeichen einer flächendeckenden Verschwörung. Ich könnte Ihnen Beweise vorlegen, da steht Ihnen der kalte Schweiß auf der Stirn.

Summa summarum: Meine Bewerbung um den Kurt-Gerstein-Preis dürfte hinreichend untermauert sein. Vorbildlich knapp fasse ich zusammen, was für eine Berücksichtigung meiner Person spricht. Ich habe, politisch korrekt, Hitler a) posthum geviertelt, b) geschreddert, habe c) dieser staatsbürgerlich notwendigen Aktion ein gesundheitliches Opfer dargebracht, womit ich d) einen angemessenen Opferstatus geltend machen kann.

Begleitnotizen

Zu Georg Elser liegen mehrere Publikationen vor. Als Quelle meiner Zitate: Peter Steinbach, Johannes Tuchel: Georg Elser. Berlin 2008.

Eine Anmerkung zu Hermann Göring: Wird er im Szenario zu positiv dargestellt, wird womöglich idealisiert?

Bei aller Brutalität, aller Scharfmacherei, die er als preußischer Minister des Innern demonstriert hatte – es hätte sich vieles anders entwickelt unter einem Reichskanzler Göring. Er hatte den Krieg insgeheim abgelehnt, hatte hinter den Kulissen versucht, ihn über diplomatische Kanäle zu verhindern. Und: Juden hätten keinen leichten Stand gehabt unter Göring, eine systematische Verfolgung und Ermordung hätte allerdings kaum stattgefunden. Heinrich Müller, SS-Gruppenführer, Chef des Amtes IV im Reichssicherheitshauptamt Berlin, Geschäftsführer der Reichszentrale für die jüdische Auswanderung, Leiter der »Sonderkommission Bürgerbräukeller«, er erklärte laut »Geheimakte Gestapo-Müller« in einem internen Verhör: »Wenn Hitler vor dem Kriege gestorben wäre, wäre Göring Staatsoberhaupt geworden. Und es hätte sicherlich keine Schwierigkeiten mit den Juden und keinen Krieg gegeben.«

Stichwort Schutzengel. Laut einer Erhebung des Instituts für Demoskopie glauben zwei Drittel der deutschen Bevölkerung über 14 an ihren Schutzengel, damit an ständige Begleitung und Leitung, an persönlichen Schutz durch eine höhere Macht. Die Tendenz ist, in turbulenten Zeiten, eher steigend. Schutzengelfigürchen sind im Handel, online oder in Läden, auch »Schutzengelzertifikate zum Selbstbeschriften« – was heißen soll, man trägt seinen schutzwürdigen Namen im Vordruck ein. Allerdings muss gleich betont werden: Ein Kapitel über Hitlers Schutzengel steht in keinem der zahlreichen Schutzengelbüchlein, Angelos ist auf keinem Becher mit Schutzengelmotiv abgebildet.

Zur Einschätzung von Erwin Rommel durch die englische Führung: Winston S. Churchill schreibt in seiner einbändigen Fassung der mehrbändigen Monographie »Der Zweite Weltkrieg«: »Während des ganzen Feldzuges in Afrika bewährte sich Rommel als ein Meister in der Handhabung beweglicher Formationen, insbesondere bei der schnellen Umgruppierung nach einer Operation und in der Auswertung von Erfolgen. Auf dem Schlachtfeld war er ein vortrefflicher und kühner Spieler, die Nachschubprobleme beherrschte er, Widerspruch überging er. Nachdem das Oberkommando der Wehrmacht ihn losgelassen hatte, war es anfänglich über seine Erfolge erstaunt und neigte dazu, ihn zurückzuhalten. Wir erlitten durch seinen hitzigen Wagemut sehr schmerzliche Niederlagen, aber er verdient den Tribut, den ich ihm gezollt habe, als ich – nicht ohne einigen Vorwurf seitens der Öffentlichkeit – im Januar 1942 im Unterhaus sagte: ›Wir haben es mit einem äußerst kühnen und geschickten Gegner zu tun, mit einem großen Feldherrn, wenn ich so etwas über die Schrecken des Krieges hinweg sagen darf.‹ Auch verdient er unsere Achtung, weil er, obgleich loyaler deutscher Soldat, Hitler und seine Taten hassen lernte.«

Anmerkung zu Kurt Gerstein, Jahrgang 1900. Der diplomierte Chemiker war seit 1925 Mitglied der Deutschen Christlichen Studentenbewegung, war ab 1928 aktiv im Christlichen Verein Junger Männer sowie im Bund Deutscher Bibelkreise. Er begrüßte zunächst die nationalsozialistische Bewegung und »unsern großen und liebevollen Führer«, geriet aber bald wegen kritischer Äußerungen in die Verdachtzone, wurde von der Gestapo in »Schutzhaft« genommen, verbrachte sechs Wochen in einem Konzentrationslager, wurde freigelassen, aus der Partei ausgeschlossen, bemühte sich um erneute Aufnahme, trat 1941 in die Waffen-SS ein. »Ich habe mich zur SS gemeldet und rede jetzt manchmal deren Sprache. Ich tue das aus zwei Gründen: Der Zusammenbruch kommt. Das ist absolut gewiss. Es kommt Gottes Gericht. In dem Augenblick werden diese gewissenlosen Desperados alle jene noch umbringen, die sie als ihre Gegner ansehen. Dann hilft kein Widerstand von außen. Die einzige Hilfe kann nur durch einen kommen, der dann Befehle unterschlägt oder sie verstümmelt weitergibt. Dahin gehöre ich jetzt!« Der »Theologe, Mediziner, Chemiker und SS-Mann Gerstein« war, als Abteilungsleiter Gesundheitstechnik der SS, zuständig für Fragen und Techniken der Desinfektion, somit als »Spezialist auf dem Gebiet der Desinfektion mit Blausäure«. Er musste denn für die Bereitstellung von Zyklon B sorgen. »Ich konnte mir ungefähr die Art des Auftrages denken. Aber ich übernahm ihn. Selbst heute glaube ich noch, dass mir ein Zufall, der seltsam der Vorsehung ähnelt, die lange ersehnte Gelegenheit gab, in diese Dinge hineinzuschauen.« Was die Besichtigung von Konzentrationslagern einschloss. Auf seine Rechnung ging die Anlieferung von einigen tausend Kilogramm Zyklon B an Vernichtungslager; als SS-Obersturmführer und Fachmann konnte er einige hundert Kilo als »zersetzt« erklären und beseitigen, wollte so »die Verwendung der Blausäure für die Tötung von Menschen verhindern«. Er musste die Anlieferungen allerdings fortsetzen. Er versuchte, ausländische Instanzen über den Holocaust zu informieren.

Dieter Kühn
Gertrud Kolmar
Leben und Werk, Zeit und Tod

624 Seiten. Gebunden

Dieter Kühns große, vielstimmige Biographie der Gertrud
Kolmar erzählt die Geschichte einer der wichtigsten deutsch-
sprachigen Lyrikerinnen und ihrer jüdischen Familie, die in
die ganze Welt emigrieren musste. Präsent wird die literarische
und politische Szene – das weite Panorama der Zeit.

»Kühn ist der Moderator der Dichterin, nie der
allwissende Deuter. Er hat eine ›polyphone Biografie‹
geschrieben, in der Gertrud Kolmar nur mit ihrer
authentischen Stimme zu Wort kommt. Damit bezeugt
er seinen Respekt, seine Ehrfurcht.«
Herbert Wiesner,
Die Welt

»Dieter Kühn hat die Kunst des
historischen Erzählens neu erfunden.«
Wolfgang Schneider,
Frankfurter Allgemeine Zeitung

S. Fischer

fi 1-041511 / 1